目次

本文カット／百田千峰

ミルクチャンのような日々、そして妊娠!?

yoshimotobanana.com 2

まえがき

この本も二冊目になり、やっとどうやって続けていくか方針がつかめてきました。それにしても日記の文、いくらメモ帳がわりとはいえ、我ながらびっくりするくらい甘いです。意味があるのは「リアルタイムだ」ということくらいで、本当にすみません。

おやつていどの気持ちでお願いします。三巻では妊婦生活も出てきますし、文も少しは気をつけますのでよろしくお願いします。

Q&Aで読者の皆様とひとことでも言葉を交わせるのは最大の喜びです。

２００２年７月　よしもとばなな

Banana's Diary

2002,1－2002,6

Banana's Diary
2022.2 - 2022.5

2002年1月1日

あけましておめでとうございます。

今日はマヤマックスさんの個展に行って、朝からもうぜんと絵を描いているマヤちゃんに会った。

個展は、マヤちゃんのいろいろな面が出ていて面白かった。この前の個展よりも好きだと感じた。勢いはないが、細かいところに何かが芽生え始めている。

次回は全く違う何かが待っているかもしれない。

ふたりで「死後結婚」の絵馬《えま》はこわかったんだよ〜とTVの話をする。

ちょっとオーバカナルでシャンパンを飲んで、実家へ。

姉のつくるお雑煮はすばらしい。いっぱい食べ、実家に帰るヒロチンコを見送り、家に帰ってただただ寝る。疲れをとるために。

1月2日

本当に疲れがとれて絶好調。

実家に行った後、結子の家に行って、結子の作ったおいしい炊《た》き込みご飯を食べながら、だらだらとTVを観《み》たり、ワインを飲んだりする。しみじみしたお正月。

お互いに女の友達が少ないねという話をしあう。なんだかいつも情けないふたり。

1月3日

実家へ。なっつに乗せていってもらう。

なっつの弟のみっちゃんが来るが、まるでジャニーズの人みたいにかっこよく育っていて驚く。お年玉をあげる。

みんなで浅草寺《せんそうじ》へ。

陽子ちゃんと岳志くんと私がばっちりと凶をひく。あ～あ。

おとなしく暮らそうと心に誓う。

人出はまあまあだが、店はどこもいっぱい。やむなくいつものニュー浅草で、全《すべ》てが半解凍もしくは濃く煮込まれているなんとなく危険なおつまみを食べる。

1月4日

ヒロチンコの実家へ。なっつに乗せていってもらう。

といっても栃木県なので遠い。途中で佐野ラーメンなど食べたり、ドラゴン梅というすごい飴《あめ》を食べたりする。

ドラゴン梅は、甘みとしょっぱさが同居した理想的な飴だが、巨大で、ちょっと気を抜くとのどにつまりそうなので緊張感があって、車の中で絶対寝ないでいられる。

ヒロチンコの実家の前でヒロチンコとお父さんとすれ違う。

みんなでケーキを食べて、近所の温泉に行くが、まるで芋を洗うように混んでいる。でも、いい湯だった。

お正月らしく和食を食べて、家で和み、とんぼ帰り。

お父さんは相変わらずいい味を出してすっ飛ばしていた。夏に送ったマンゴーがちゃんと育っていて感激。しかし、すごくまじめな人ほど、楽しいことを言うものだ。

牛の四つの胃についてしみじみと語り合う。そしてなっつもヒロチンコが中学生の時の、金賞をとった「スズメバチの巣の分解」に感心していた。

1月5日

陽子ちゃんの家でよしこちゃんに十年ぶりくらいで会う。泣くほどなつかしい。

よしこちゃんはひそかに『アムリタ』にも出ているし、『ハネムーン』にもちょっと出ている。ものすごく心のきれいな人で、ずっと尊敬していたが、やっぱり変わらなかった。いろいろなことをくぐりぬけてきたのに、すばらしい人のままだった。ほっとする。

やっとグリーンカードが取れたので、帰国できたそうだ。よしこちゃんの産んだでっかい赤ちゃん、ゆうきくんと共に。

ゆうきくんはハーフとはいえやっぱり真っ黒くて、なんとなく今にも踊り出しそうだった。そして感情表現がとっても豊か。やっぱり小さい頃から違うなあ。ちゅうとかしてくれるし、照れるし、にこっと笑ってくれるし。おしめが汚れたら落ち着いて「マミー」と言ってよしこの手をひいてトイレに呼んでいた。他の子に比べて小さい頃から落ち着いていたそうだ。なんだか将来えらくなりそうな予感がする子供だった。人相がすばらしいと新幹線の中で中国人に言われたそうだ。さすがよしこの子供。日本語をぺらぺらしゃべっているのでびっくりしたが、帰国中の一週間でおぼえたという。

やっぱり語学は子供の頃からするのが大切だ……。

陽子ちゃんの妹の子供、りょうやくんは、ゆうきくんとおもちゃの取り合いをしては負けていてかわいそうだった。なんといっても体のでかさが違う。そこでおじいちゃん大活躍。その底力を感じる。そばまでゆでてくださった。陽子ちゃんのパパはよく「声が聞きたくて！」と電話してきてくれるかっこいいおじさん。この前もかかってきたので「慶子さんの声聞きたがってましたよ！」と言ったら「もうさっきかけちゃった。慶子さんもおじさんの声も聞きたくて」ともうすでにすませていた……。

そして陽子ちゃんのお姉さんが産んだ生まれたての赤ちゃんもいたが、ゆうきくんに首が揺れるほど勢いよくゆりかごを揺らされていた。

「トーマス」と「ハム太郎」（英語？　でも英語発音で）と「NO」と「マミー」の発音を習う。

なんか、これは陽子の妹の子供とかの話ではなくて全体的に、日本人のほうがものがいっぱいあるけど、いい服も着ているけど、もしかしたらお金もあんまりなくて大変そうなハーレムのよしこの家に育ったほうが、幸せかもしれない。ありきたりの意見だが、強く、そう思った。お父さんもお母さんも好きなことをして毎日を過ごしているし、家族の結束がかたくて、なんだか愛情のはいる余地がたくさんある感じがした。なんだか見ているだけであたたかくなる親子だった。

よしこの「なんでこんなにたくさんおもちゃがあるのにひとつのおもちゃで争う!」ってのがおかしかった。言ったあと自分でもげらげら笑っていた。

忙しい一日、涙の別れの後、渋谷《しぶや》方面にひとり移動。

ヒロチンコの誕生を祝って、寿司《すし》!

しかも最高に長いコースでたくさんの生ものを食べる。店は混んでいて大混乱。しかしうまい! うまいものを次々食べて満足!

山に登る、野口という人を見かけた。かっこいい……。

そして、なぜか浜崎あゆみもいた。おしのびっぽく個室にいたらしく、出てきたところをしっかりと見た。しっかりした足どり、でも自然。そしてちゃんと今、この世にいる感じ。あの人は大丈夫な人だと思った。

たまに芸能の人で、会っても目の前にいない状態の、気があがってしまっている人がいるが、彼女は大丈夫な感じだった。

最後に誕生会だったことが板さんにばれて「もっと早く言ってくだされば、寿司にロウソクを立てて祝いましたのに……」と冗談を言われた。うーん。

1月6日

「スパイ・ゲーム」を観《み》る。

まさに「スパイだなあ、そしてゲームだなあ」という内容だった。レッドフォードがかっこいい。あんなCIAはないよ～。

いつもの餃子《ギョウザ》を食べて帰宅。

途中青山ブックセンターで買った沼田元氣さんの「水玉の幻想」という本がすばらしい。本当に理想的な本だった。きっと何冊も買うだろう。はやくも今年のベスト1になりそうな予感。

1月7日

慶子さんとハルタさんも一緒に、実家で七草粥《ななくさがゆ》。

いちばん好きな食べ物かも。餅《もち》欲と、青菜欲と、米欲がすべて満たされるから。

ハルタさんの妹が保母さんで「日本人の子供はお父さんを描いてとか言ってもちゃんとバランスよく似た絵を描くけど、外人の子は肌色をつかわなかったり、最も描いてほしくない特徴を描いちゃったり、何が起きるかわからない。でも自由だから評価してあげたいが、それを評価する時も、日本人の子とのバランスがあるので気をつかう」という話を聞いてなるほど、と納得する。

楽しく食べて、猫と遊んで帰宅。

1月8日

久々のフラ。大汗をかく。

そして「ビデオの感想、日記に書きます〜」なんつってまだ書いていなかったことをまゆみさんに指摘される。

だからといって書くわけでは……ありますが、すご〜くよかった。五回も見た。

「Sandii's Hawai'i フラの心が伝わるように」

特に古典の部分は、フラを学んでいる全《すべ》ての人にとって大切な資料でもあると思う。ここをはぶかずに丹念にのこしてくれたのはとても嬉《うれ》しいことだった。ここでのサンディーさんはまさに神がおりてきていると思う。ピカケちゃんの天才ぶりもいかんなく発揮されている。

そしてハワイを撮った映像が、ありきたりでないところもとてもいい心を感じた。ああ、なるほど、ここが聖地なんだなと理解することで、何かがわかるような気さえした。どこを聖地と思うかで、その土地の宗教の感じがわかるから。

興味本位でもなく、レッスンビデオでもなく、ライブビデオでもないというのが何よりもすばらしい。

あくまでハワイとのつながりがフラの全てだと思う。そのことを見失っていない映像は、実は、けっこうめずらしい。

ということで何回も巻き戻して五回も観たのだった。サンディーさん、あんなに美しいのに美しいのは姿ではない、その素朴で強く明るい心。そのこともじんと胸にしみた。

1月9日

卓球。やっと回転が少しずつかけられるようになってきた。こつは体の力を抜くことだけれど、けっこうむつかしい……。

横尾先生の展覧会に行く。原美術館って、大好き。どうしてもっと近所にないんだろう？　うちからだと、外国かと思うくらい遠い感じ。

夜行ったのも、この展覧会にはぴったりだった。全《すべ》ての絵が、いつか行ったことのある夢の街に思えてきた。

暗く美しい庭を見ながら、ちょっと飲んで帰る。

1月11日

むちうちのアフターケアのロルフィング。

やっぱりなんとなく体が変。変なところが力んでいたり、自分の体じゃないみたいな感じ。交通事故っておそろしい。まあ一瞬ですごい力が首にかかったんだから、当然か。

これを機に、ますます体に注意を払っていこうと思った。ダンスで体型も変わって太股《ふともも》に筋肉がついてきたし、いためた足が少しでも治って、歩きやすくなるといい。

夜は千里に行く。

すごい繁盛《はんじょう》！　息子さんまで手伝っていて、なんだか嬉《うれ》しい。

チゲを食べてあったまって帰る。

1月12日

近所の謎《なぞ》の居酒屋に行ってみる。

本当に謎だった。おいしいのかまずいのかさえも。

こういうことって珍しい。清潔で、ていねいなのに、謎の料理が何品かあった。単に味覚が合わなかっただけかな。

いつからああいう、手書き風のメニューの、ちょっと洋風が混じった和風の料理が出てくる、なんとなく和紙っぽいインテリアの居酒屋が主流になったんだろう。というかちょっと高級な居酒屋のスタンダードはいつからこういう感じに決定されたんだっけ？

なにかきっと基本のノウハウがあるんだろうなあ。

『新ゴーマニズム宣言special台湾論』を立ち読みしていたら、証券会社がつぶれてえらい人が泣いているインタビューを見て台湾の人が「なんで泣いてるんだ？　明日から屋台ひけばいいじゃないか！」と言ったというが、まさにその感じが、私が台湾で感じた感じ。

同じ敷地でカフェをやるでも居酒屋をやるでも、必ず安全策をとる、それで成り立っているのが日本の方法。そして、もう店をたたもうとして最後の客にあるものをみんな盛りつけてマンゴシャーベットとして出したら、なぜかそれが大受けの大当たり、行列のできる店になって、町中にまねっこの店ができたが、来年はもうないかもしれない、それが台湾。

どっちがいいとも言えないが、日本にはそういう楽しさとか勢いがやっぱり必要かも、と思った。

1月14日

結子のところへ行って、しみじみと中華を食べ、店の外にあった紹興酒《しょうこうしゅ》のつぼを、店のおじさんに勧められてもらってくる。夜中につぼを運び合う妙齢の女性たち……ばかだなあ。はげましあって、重いつぼをなんとか家まで持ってきた。

猫が入ろうとしたが、入れずくやしくてまわりのしっくいをむしっていた。

1月16日

しーちゃんと、近所の、野菜がおいしいフレンチを食べに行く。

みっちりとコースを食べて大満足。そして髙島屋などにも行き、主婦らしく過ごす。

犬たちがやたらに私のところにやってきて、何回も玄関に連れて行こうとする。行っても何もないので「なに?」と言って戻るとまた、二匹でやってきて私を玄関に連れて行く。いったいなんだろう?　と思っていたら、夜ペットシッターのお兄さんから「すみません!　曜日を間違えて散歩に行くの忘れてました!」と電話がかかってくる。そうだったのか……と思ってすぐに散歩に連れて行ったら、満足して寝ていた。なんとかわいいことでしょう。

1月17日

今年初のリフレクソロジー。

我ながら驚くほど足がむくんでいるので、すごくすっきりした。

いつもやってくれるお姉さんが「沖縄に行ったらあったかいのにみんなファーとかつけて、セーターとか着ていた。たのむからみんなアロハを着てくれよ!」と言っていておかしかった。わかるなあ、南国の人たちって、ちょっと寒くなると、嬉《うれ》しそうに楽しそうに革ジャンとか着出すんだよね。

いつも店にいる若いお姉さんが店長と知って愕然《がくぜん》。あのおっとりと優しく美しい彼女が店を借り、スタッフを集め、あんないい雰囲気を作り上げているのか……やるなあ! やっぱりゆとりのある生活を求めることの大切さは、女の事業主のほうが実践しているかも。私の会社もそういうところは決して失わないようにしたい。たまの徹夜仕事の楽しさは、それが楽しいからできるのであって、いつもだと生活が破綻《はたん》してしまう。

生活の破綻は、精神と肉体の分離をもたらす。

なっつに手伝ってもらって薔薇《ばら》の植え替えをして、まとめて猫のフードなど買いに行く。しかし、最近の猫向け缶詰の充実度……。名古屋コーチンとかかまぼことかささみとチーズとか、なんかおいしそう。

ためしに自然食缶詰を買ってあげてみたら、ぺっぺっといいながら、しぶしぶ食べていた、ちょっとわかるよ、君の気持ち。

千里に行き、肉を食べる。

あの狂牛病騒ぎでしばらく牛を抜いていたら、なんとなく牛が消化できない人間になっている。これから二回もすき焼きの予定があるのに！　くやしい！

1月18日

フィジーの作家スブラマニさんとお茶。

竹林さんに訳してもらった彼の短編のあまりの暗さに「どんな人だろう……」とおびえながら行ったら、感じのいい知的なおじさんだった。

「英語で書いたものは憎しみに満ちていて、あまりにも暗すぎるから今はヒンディー語でコメディっぽいものを書いている」とか言っていた。自分でも、暗かったというのは、わかっているのだな。

タイで私の作品は今人気があると聞いたが、本当だろうか?

本当ならば行って、タイ料理三昧《ざんまい》で過ごしたいものだ。

そしておみやげとか結婚祝いを買って、清田くんの家に行く。

なんと美しい奥さん、天女のようだ。そして義理の息子さんもとても感じがいい。いい人を伴侶《はんりょ》にえて彼は本当によかったと思う。

フラ仲間のランディさんが来ていて、陽気にとばしていた。いいなあ、彼女はなんだか、本当にパワフルで、生きているっていう感じがする。

潜っていたらいきなりゾウアザラシにのしかかられて犯されそうになったという話は最高だった。海の中でもし隣の人がそんなことになっていたら、私はきっと爆笑して溺《おぼ》れてしまうだろう。

手塚、岡野夫妻も来る、豪華だなあ。メンバーが。霊的にも。

手塚さんは面識があったが、相変わらず静かで賢そうですばらしい人だ。そして岡野先生には「私は『コーリング』を読んで結婚を決めました」とお礼を言う。

あの時本気で人生に迷っていたが、あの漫画を一気に読んだら、自分の中のいろいろな疑問が解けたのだった。いいタイミングで出会った実にいい漫画だった……。そういう感謝は一生忘れないものだ。

そして岡野先生は、すみずみまで絵に似ている。うちの姉も自分の絵に似ているが、やっぱりそういうものなのだろう。

清田くんの奥さんのユッコさんのお友達もふたり来て（ひとりは絵描きだったけど、やっぱり絵に似ていたなあ）、にぎやかな中「エスパー鍋《なべ》」を食べる。だって……作った本人がそう名付けていたんだもん。

なっつが寡黙《かもく》にしていたら気をつかって清田くんが「静かだね、退屈してないか？　スプーン曲げるとこ見たことないだろ？　見せてやろうか？」と言って目の前で全く触らずにスプーンを折ってくれた。黙っているくらいでそんなすごいことをやってくれるほうがすごいよ。

目の前でスプーンにひびが入るさまは、何回見てもすばらしい。

清田くんは大変誤解されやすい性格をしているが、本当に本当にいい人だ。あれだけいい人だと、もはや生きていくのも大変だろう。全《すべ》ての命の発散しているものを感じ取り、胸をいためたり、切なくなったり、怒ったりしなくてはならない。かといって頭を使って器用に成長しようともしないほど純粋。それでも生きていかなくてはならない。彼はヒーリングもできるが絶対お金はとらない。絶対に友達を裏切らない。あの歳《とし》なのに小さい男の子のままだ。

なんだか感慨深く、いい奥さんと子供に恵まれて、本当によかったよねえ、と思う。そういう采配《さいはい》を見ると、神はいるのかもしれないなあ。あれだけ純粋に、保身を捨てて、ただ生きて、傷ついて、痛いほどむきだしでないと、神の力にはアクセスできないのかもしれない。

1月19日

新年会。江知勝《えちかつ》にて。去年ご主人が急に亡《な》くなり、いつもの笑顔を見ることができないのが寂しい。

でも後輩のしのちゃんもその弟さんもがんばって店をもりたてていた。

さとみちゃんがはじめて産んだ赤ちゃんを連れてきていたが、もう三人目だっけ？と言いたいほどの余裕がある。しかもちびっ子はとてもおとなしい。やっぱり大勢でがやがやと育った家の子は強い。

山本先生と人生とダイエットについてしみじみ語り合う。

そして誕生日が同じな中川くんは、いつもながら心が洗われるくらいいい感じだった。

「ハードボイルド／ハードラック」のハードラックを生み出した黄金カラオケコンビ、次郎君と泉ちゃん（この人たちの歌のうまさとわけのわからない選曲がくみあわさると、思わぬアイディアをうみかねない）、そして陽子ちゃんとなっつとカラオケに行く。

泉ちゃん、今年は「宇宙のファンタジー」を歌ってくれたが、やっぱり、ひとりで歌っているとは思えぬ大勢感が……。

陽子ちゃんがかわいくフランス語で歌っている間、おじさんごっこをする。

私「いやー、フランス帰りはやっぱ違うなあ、やっぱしあれかね、あっちの人は下の毛も金髪かね！」

泉「舌がよくまわるからねえ、フランス帰りのテクニックで昇天させてくれよ～」

ここまで下品じゃなくてもいいんじゃ……。

あとは近所の韓国語しか通じない韓国料理店で夜食を食べて帰る。

1月21日

大嵐《おおあらし》の中、インドのジャーナリスト、タカールさんのインタビュー、わざわざ広島から来てくださったとのこと。ありがたや。

そしてインドのキャリアウーマンの間で私の本が人気だとのこと。嬉《うれ》しいなあ、やっぱり行って接待カレーを食べまくらないと！

なっつとんかつを食べて帰る。あんなにすごかった雷もすっかりおさまっていた。

ところでおとといの昼、陽子ちゃんをなにげなく誘って、時間が合うからとなにげなく観《み》た「仄暗《ほのぐら》い水の底から」、ものすご〜くこわかった。

何回も陽子ちゃんの手を握りしめてしまった。観終わった後は、ふたりとも体が緊張でかちかち。なにげなく観るようなものではなかった……。

あれほどのこわい映画を観たのは久しぶりだ。ところどころ半泣きになった。頭にやきついて離れないこわさだ。

こわく、後味が悪く、黒木瞳《ひとみ》は細く美しい上にさらりと演技がうまく、子役はリアル……監督はこわくていや〜な気持ち、というのを知りつくしている。

人間がこわいのでもストーリーがこわいのでも幽霊がこわいのでもなく、映像がこわいのだ。

とにかくむやみやたらにこわかった……。なので、もうゴミ捨てに行くのもこわければ、エレベーターもこわい。

夜ゴミ捨てに行ったら自動ドアがしまらなくなり、こわさのあまりもうバイクに乗ろうとしているなっつを半泣きで呼び止めた。

1月23日

カウアイ島の番組のビデオを観《み》る。へんくつで自然と共に生き、無理をしない人人。そして透明で悲しい光。その静けさ。ああ、これこそがハワイなんだ、とはじめてふに落ちる。いい映像を観せてくださり、ありがとうございます、監督の吉田《よしだ》さん。

くろがねへ。新年会（？）。

いつもながらあたたかいおもてなし。おいしいお料理。

井伏先生がすわっていらしたという席ですき焼きを食べる。すき焼き度高い日々。

根本さんのおじょうさんがすっかり立派なお姉さんになっていてびっくりした。私が老《ふ》けるはずだ。あいかわらず賢そう。法学部にすすんだとのことだ。

最近はちゃんと毛を巻いてメイクするとマダムというかおばはんになるので我ながら面白い。

由美ちゃんがすばらしい装丁の数々を持ってきてくれる。絵もデザインも自分でやって、ちゃんと考え方や絵の味わいにも彼女ならではの筋がとおっていて、やはりすばらしい才能だ。本ができるのが楽しみ。

松家さんにも久しぶりに会う。くろがねは二十年ぶりだとのこと。すごいなあ。二十年……。店も松家さんもすごい。

根本さんががんがん飲んだわりにはいつもよりもしっかりして帰っていった、娘の力強し。

1月24日

打ち合わせでロッキング・オンへ。

いきなり手にタオルと千円札を持った渋谷社長に会う。いい会社なのかも。

健ちゃんもやってきて、なんとなくいいふうに打ち合わせはすすむ。

そこへ蓄膿《ちくのう》で苦しむ中島さんがやってくる。

みんなで奈良くんと合流するために新宿の中華へ。奈良くんは名古屋帰りで、八丁みそをくれた、嬉《うれ》しい！　これで家でみそ煮込みうどんが作れるかも。見たことも聞いたこともない料理の数々を食べる。野菜炒《いた》めの上に卵焼きが乗っているのをさらに皮で包むとか。白菜の漬け物が入っているはるさめの鍋《なべ》とか。でもおいしかった。すごい量なのでくやしいことにすぐおなか一杯になってしまった。

奈良くんの写真を見て、その狂いぶりに感動する。

健ちゃんは「苦しい……」と言って歩いて帰っていった。

で、近所なので中島さんを送っていった。

中島さんが「ああいう時、佐藤さんは本当に吐きそうなんじゃないかなあ」と言った。そして私がどこを通って帰るか悩んでいたら「ばななさんはいつでも知らない道なんじゃない？　そういうふうに見えるけど……」と言った。

やっぱり中島さんはすばらしい、と思った。なんとなく。鋭いし、なんだか男らしい。

なっつの名言「大人なのに、吐きそうになるほど食べる人って珍しい」

1月25日

石材店取材。ロッキング・オンの本のために。

姉の同級生を紹介してもらった。

姉は「あいつの顔は、泣いているところしか思い出せない」と言っていたが、それは自分がとことんいじめたかららしい。

すごくしっかりした社長になっていたのに、姉の話が何回も頭をよぎって笑いそうになってしまう。しっかりしていればしているほど。そして姉の話題になると目をそらす彼……トラウマだ。

石材業界を襲った近代化の波について聞く。

藤澤《ふじさわ》さんのところに寄って、ちょっとなごむ。変わりなくお元気で嬉《うれ》しかった。そして、事務所に寄ってから、実家に行った。

なっつはハルタさんのゴミ捨てを手伝おうとしてびしっとぶたれ「なぜ?」となげいていた。そしてそのハルタさんはいきなり鈴やんに「和む話をしてください」と言っていた。大丈夫だろうか、うちの事務所は……。

姉の作ったコロッケをおいしく食べる。

「まさかなっつが来るとは知らず、量が全然足りない、ごめん！」とか言っているからどれだけ少ないかと思ったら、山盛りのコロッケばかりか、鶏のももまで出てきた。どういう計算だったんだろう？

1月26日

アンリさん来日、ショップがオープンしたため。

ふみこさんも相変わらず美人だった。宮内さんも。

あまりにも長持ちしすぎるからここのものはなかなか買い換えないのだ、と思いつつ、すごく高い鞄《かばん》に一目惚《ぼ》れして買ってしまう。

だって……マニアだから。

店の人が動揺して（まさか買うとは思わなかったらしい……）、みんな見に来た。そういう雰囲気って、なんだか、新しい店っぽくて、すてき。

そして「これはすご～く大きくて優しいワニの皮でできているよ」と言われた。うえーん。名前と日付を刻印してもらう。また宝が増えた。

雨の中、りゅうちゃんの店に。

みかちゃんと高橋先輩も来る。先輩は相変わらず大きくて、言うことはいちいち面白かった。みかちゃんは相変わらずきれいだった。いいものを見た。

1月27日

女ばかりで温泉へ。

レディースプランとかで、むちゃくちゃ安い。

ロマンスカーからもう飲む。

その宿には、苔滝《こけだき》というものがあった。苔って今まで全然興味がなかったけれど、きれいな水がいちめんの苔からぽたぽた落ちているのを見たら、本当に幸せになった。あんなの初めて見た。かなり感動した。それを見ながら湯に入っていたら、本当に疲れがとれた。

でも晩ご飯は「どうしてこんなにどうでもいいものをもっともらしく出すのだろう?　鍋《なべ》とうどんだけでいいよ～」という感じだったので、一勝一敗!

みんなでとことん飲み、だらだらして、寝たり起きたり。いい旅をした。

1月28日

カスタネダの新刊にして最後の本が出たので、買う。

もったいなくて泣きながらちょっとずつ読む。

ハルタさんと長電話して、幸せになる。

それから「Laundry」を観《み》る。はじめはなんちゅうありふれた映画やねん！　と思っていたのに、あまりにもていねいに創《つく》ってあるので、好感度100になり、マヤちゃんの絵が出てくる頃には大泣き。珍しいケースだった。窪塚《くぼづか》という人も、小雪という人も、とってもがんばったと思う。

1月29日

ああ、Grasshoppa! のビデオマガジンが届いていて、もち君の第二弾を見てますますしびれてしまった。あんな展開って。

あと、ミルクチャン最高！　あの声が耳を離れない。田中秀幸《ひでゆき》の大ファンになってしまった。

日本のアニメってすばらしい（ここまで？）。

フルート、長い長い間終わらなかった課題曲がやっと終わった。えらくむつかしかった。やっぱり始まる前に食べ物を食べて気合いを入れたのがよかったのだろうか？

そしてフラ。カヒコは楽しい、言葉に関わるものはなんでも楽しくてしかたない。先生の発声のすごさもわかる。

今日も必死でついていく。

なんだか一緒に踊っている人々が愛《いと》おしく、目立ちたいとか全然思わない（下手で目立つってことはあるけど……）。人とすることの楽しさを、もしかして、生まれて初めて知ったかもしれない。学校もあんなところだったらよかったのになあ。

帰宅すると、巨大な鉢が粉々に割れて、ガラスが家中に飛び散っていた。なんちゅうことだ！　二時間もかけてかたづける。くそ～！　ばか猫め！

やったという自覚しっかりありで、逃げ回っている。

つかまえたらしょんぼりしていて「くーかわいい！」と思うが、心を鬼にして怒った。

1月30日

「情熱大陸」竹井編のために、リトルモアへ行く。

奈良くんの言うとおりで、竹井さんの後ろにカメラやライトが大名行列のようについてきて、笑いたくなる。

ろくな思い出がないので（一緒に熱湯コマーシャルに出たとか）、ろくな話ができない……。

でも竹井さんはあいかわらずすてきで、とてもじゃないけどTVで言えないおそろしい話をたくさん聞かせてくれた。パンチの上のほうが金髪で、ジャージも昔よりも高そうな生地、そして靴は紫と、ますますすごみを増していた。

訴訟、交通事故などの時にはぜひいてほしい頼もしい人だ。

ちょっと駐車場の人が感じ悪かっただけでいきなり「なんや！」とすごんでいた……。かっこいい～。やくざとつきあう女の気持ちがちょっとだけわかる。

人って、まず、見た目だなあ、と思った。

「女はむつかしいよな、一目でわからせるのはな」

竹井さんの言葉。

川内倫子《かわうちりんこ》さんも一緒にごはんを食べた。写真どおりのすばらしい人。関西弁でのするどいつっこみをしていました。高知の茎わさびをくれた。嬉《うれ》しかった。「花子」の評判をよく聞くけど、私は「花火」がすごく好きだった。あの写真集は、手間もかかっているし、彼女の世界独特のクールさがよく出ていたと思う。すっかり入り込んで、自分が花火を見ている気持ちでじっと眺めてしまった。そういうことを言いたかったけど、私の本を好きと言われたので、恥ずかしいから言えなかった……。

リフレクソロジーに行って「足細くなりましたね！」と言われて喜ぶ。フラ効果か？

ロワゾーでミントショコラを飲んで帰る。フレッシュミントがふんだんで、かなりおいしい。かごの中の鳥が、つくりものになっていたけど、死んじゃったのかなあ？

野菜不足なので、野菜だけの鍋《なべ》を作る。しかしつい物足りなく豚肉やうどんまで入れてしまう。ヒロチンコが留守なので、ひとり鍋フルコース……。孤独な女？　なっつに「今日は晩ご飯食べないんだ、お昼食べ過ぎたから」と言っていた自分がはるかに遠い。

1月31日

文藝《ぶんげい》のインタビュー、岡崎京子さんについて。

吉田さんと高木さんと、私の高校時代の彼氏に似ている須川さん。服まで似ていた……。

吉田さんと高木さんは、いつでも仕事が好きそうでなんだか頼もしい。そして、みんな岡崎さんの回復を祈っているので、気持ちもひとつになっていい特集になると思う。

回復してほしいのであって、漫画を描き始めてほしいわけではない、そこのところを伝えるのがいつもむつかしい。もちろん漫画も描いてくれたら嬉《うれ》しいけど、でも、そういうことじゃない。事故はもちろん事故だけれど、岡崎さんはもうあんなにいい作品をたくさん描いてくれた。それを大切に、絶版にならないように読み続けていくのが、今できる唯一《ゆいいつ》のことだ。

なによりも、あれだけすばらしい才能を持った人が、今も生きていてくれている、そして回復に向かっている、それで十分だ。

2月2日

穴八幡《あなはちまん》におふだをいただきにいく。

これを貼《は》らないと年が明けた気がしない。ちょっと原さんの家に寄って、お母さんに会う。一緒にちょっとTVを観《み》た。この前ほどではないけれど、お元気そうで笑顔がかわいらしかった。

原さんは『虹《にじ》』のための絵をもうぜんと描いている。二枚だけ見せてもらったけれど、すばらしかった。楽しみだ……。

なっつとムロに行って、餃子《ギョウザ》を腹一杯食べる。変わらずおいしかった。おばちゃんちょっと疲れ気味。

いつも後で気づく。やっぱり普通餃子を多めに頼むべきだったと。

2月3日

ヒロチンコを迎えに成田へ。

雪になるかと思ったら、雨だった。そして実家に寄って豆まき。この日にそばを食べるのはうちだけだと知ってびっくりする。しかも母ができとうに考え出した習慣で、母の実家でさえも行っていないとのこと。え〜？

2月4日

私は骨の髄までアニメおたくだなあ……と感心する、このところのスーパーミルクチャン熱。Grasshoppa！にゲスト作品で入っていたのを観て、すっかりとりこに。

こういう人、今の時期、多いと思う。

ああいうふうに生きていきたい……と本気で思ってしまう、これこそがおたくというものだろう。ピエール瀧《たき》と意見が合っているのもちょっと嬉《うれ》しい。こういう気持ち、久しぶり……。カート・コバーンの才能に魅せられた時以来だろう。一緒にしていいのかなあ。

ヒロチンコと台湾茶をしみじみと飲んで、お茶と梅を買って、前シリーズを探しに中野ブロードウェイまで行ってみる。観光がてら。やっぱりすごいところだった。あの中で食事もおたくもオカルトも医者も全部ことたりるっていうのもすごい。まんだらけの店長は相変わらずすごい感じだった。じっと観察してしまった、本を探す間。

なんだか長くいると頭が痛くなってくるような空気のこもったビルだった、相変わらず。

一枚だけ発見して、とりあえず買って帰る。

夜は寿司《すし》。しかし寿司屋に来る人って、どうしてみんなあんなにもいばっているのだろう……ああいうのが通だと勘違いしているんだろうなあ。

ピンはいち、リャンはに、じゃあ下駄《げた》は？　と考えてきたら、ヒロチンコが「三じゃない？」と言いだし、そんな安直な、と思って板さんに聞いてみたら、当たっていた。

2月6日

サボテンの取材。

ものすごくマニアックなサボテン栽培家に話を聞く。冷静さと擬人化の中間、そして情熱。優秀な獣医さんみたいな人だった。なにごとにもプロっているんだなあ。それにしても同じサボテンとは思えないくらいに整然と並び、つやつやと輝いていて盆栽のようだった。あんなのはじめて見た。途中から取材も忘れてサボテンに見とれてしまった。人生をかけるにふさわしい偉業だ。

松家さんとおにぎりの昼食。ちょっと打ち合わせもする。

午後は久々にちょっとだけ卓球。なんだかへたくそになっていてショックを受ける。

そんなことをしている間に友達がとんでもない状況になっているという話をきいて、びっくりする。昔のことなどが頭を去来して、いろいろ考えた。

いちばん思ったことは、人と人はくまなくつながっているので、人にしたことはそのまま自分にしたことと同じだということだ。そして人生は本人次第ということだ。あたりまえのことばかりだが、実感するとわけが違う。

お正月にそいつと会ったとき「またつまらんことといって〜、うざいな〜」といいつつも、甥《おい》っ子の話をして共に涙ぐんだり、一緒に凶をひいてげらげら笑ったりした。そういう瞬間は、自分と相手がとけあっていて、ひとつのものを共有している。そういう思い出があるかぎり、友情は消えない。あのときキャパがなくて「こいつ、いつまでもばかっつら、うざいな〜」で冷たくしていたとしたら、きっとそれは自分に冷たくしたのと同じことなのだ。

余裕を持てる程度の心身のコンディション作り、それに優先されるものはこの世にないかもしれない。

早く元気になれよ～!

2月7日

ＪＡＭ展のオープニング。

奈良くんの部屋で、みんな出会う。

私と誕生日が同じ人、そしてわざわざ同じにならなかった澤くん、命の恩人斉藤さんなどなど。もちろん奈良くんもいた。

奈良くんの作品の最近の変化、すごく好きだ。真の意味での余裕を感じる。力の抜き方が秀逸だ……。ふつうああいう売れ方をすると力むんだけどなあ、さすがだなあ。

なっつは鶴田真由《つるたまゆ》を見て、その美しさのあまりどうにかなっていた。頭が小さく、ほりが深く、声もきれい……、いつ見てもいい感じだった。笑ってない時の顔がいいんだよなあ……。

まきさんにもばったり会う。これまた仏のようないい顔立ち。

篠山《しのやま》先生の撮影で都築《つづき》さんの隣で集合写真を撮ってもらう。私、あんまりこの展覧会に参加してないんだけど、写ってよかったんだろうか。すごいフェイクファーのコートを着た私と、トレーナーでほぼ坊主《ぼうず》の都築さん……。

田中秀幸さんがいなかったのでみんなにあたりちらしながら千里に行く。

佐藤編集長自らメモを取りながら、大量のオーダーをしていた。こんなにたのんだらいつ吐くかとはらはらしながら見守る。

スーパーおたくっこNAOKOさんと楽しく肉を食べる。慶子さんの本質をあばきたてるかたわら、ぼんこさんが裸で踊り出すのをじっと待ってみた。きっと千里のおじさんも喜んだだろうになあ……NAOKOさんがフリスクをプロレスのマスク型ポーチからとりだしたときには私が踊り出したくなった。

家で、犬にまわされている健ちゃんを眺めながら、澤くんの謎《なぞ》の健康法を聞く。夏しか飲まないとか牛肉は食べないとかココナツジュースを飲み続けるとか、全部本に書いてほしいほどいろいろとりまぜてある。入院したのに盲腸を切らなくて出てきたんだから、説得力ある。

今は、星回りというか気がむちゃくちゃだから、きっと今切ると、長引いたんじゃないかと思う。盲腸を切ってからずっと膿《うみ》がとまらないという話も聞いたことがある。体を切るってすごいことだと思う。弱るし。健康ってすばらしい。インドでマッサージ受けたい。

奈良くんは久々にうちのソファーで寝て、ゼリちゃんにすわられていた。なんだかなつかしい光景だった。となりのトミーも含めて。

2月8日

水道工事で水が出ない。コップ一杯の水で顔を洗い、犬のウンコをふき、手も洗う。インドネシアのシャルルさんのインタビューがあるが「俺、くさい？　ああ顔洗いたかったなあ」などと思っているとつい何を答えるのにもちょっと消極的な気持ちになってしまう。水って大切。

シャルルさんはすごく知的で、感じのいい人だった。日本文学を好きなだけのことはあり、言葉に対してとても繊細な感覚がある人だった。違う国の人が自分の作品を読んでいると聞くと、いつもとても不思議な気持ちになる。そして幸せを感じる。

人と人は違うところもたくさんあるが、同じところもちゃんとあるのだ。ラブちゃんとゼリちゃんが種族は違うし生活習慣も適応できる環境も違うけれど同じ家で暮らすことができるように。犬と一緒にしているわけではない、犬に学ぶべきなのだ。

2月9日

結子に遅い誕生日プレゼントをあげて、近所の喫茶店でおそろしい分量のチキンライスをランチに食べる。生涯最高の量だったかも。ふたりとも途中で無口になった。

そして結子の家でお茶をしてちょっと和んでから、携帯電話を買いに行く。

今度はJ-PHONEだ。写メールで猫をとって満足する。

2月10日

事故にあった友達の見舞いに。

命にかかわる事故だったのに家族が「さんずの川は見た〜⁇?」などと問いつめていた。「今聞いておかないと、忘れちゃうし。今が旬《しゅん》かも」とまで。

本人は半分意識がなくて、ちょっと幸せそう。幸せそうな笑顔で「まほちゃんはあいかわらず……」とか言っていた。相変わらず何だろう？　お美しい、か⁇?

でもあの子のあんな笑顔は久しぶりに見たので、なんだか嬉《うれ》しかった。生きているってすばらしいことだ。ただ生きているだけで、だるくてもなんでも。

帰りはうなぎを食べて、ついでに近所の温泉にも行った。入れ墨を隠そうとバンドエイドを貼《は》る私。えらいなあ。でも、鏡を見たらちょうどQちゃんの毛が三本はみ出ていた。

2月11日

アカシックレコードのゲリー君にセッションを受けに行く。

が、道でばったり会って荷物を持ってもらった。みやげものなど渡す。

「人生に問題がないのになんで来た」とまで言われ、「問題がなければ来ちゃ行けないのかよう」とすごんで健康のことなど聞いてみる。相変わらず人と見ているところが違って、趣ぶかい。いい取材になった。

しかしVOICEの通訳の人って、いつでもすごく優秀。抽象的なことも訳したりするからだろうか。精鋭がかたまっている感じがする。

広尾まで歩いて、明治屋で買い物して帰る。

2月13日

田口さんと昼ご飯。

あの人の、子犬のようなかわいい顔、あの小ささ、すごく好き。陸亀《りくがめ》のことや、作家稼業《かぎょう》についてや、宇宙人のことなど語り合う。彼女は人にものを説明するのが本当に上手だ。興味を持ってひきこまれる説明のしかたができる。

ヒロチンコが三十八度五分も熱を出していたので、リハビリにリフレクソロジーをおごる。

それにしても、あそこをひいきにしているハルタさん他全国の方には悪いが、帰りに某べにとら系の新しくできた麺屋《めんや》に寄って、そのインチキぶりには本当にあきれた。心をそそるメニュー、ちゃんとした内装（それを考える大人は存在するわけだよな）。しかし食べ物はでたらめだ。ぬるい、まずい、心のない接客、油つかいすぎ、塩多すぎ、化学調味料つかいすぎ。大量にのせられたネギは乾いていて、ベーコンはほとんど生。何かを食べて気持ち悪くなって吐きそうになったのって久しぶりだった。ヒロチンコも半分以上残していた。

見た目はでたらめで味がおいしいならまだ許せるが……。

広告とか内装とかっていうのは、いい面では夢を育ててイメージをふくらませるというのがあるが、悪い面は「だめなものを包んでいる嘘《うそ》」になってしまう。

全くインチキだ。大阪だったら三日でつぶれるだろうなあ。

あの店がはじめにできたときは、活気があって安くておいしくて熱いものは熱いうちにでてきていいなあと思ったものだ。しかしいまや（店舗差はあるにしろ）味は地に落ちた。このなんでも食べる私を吐きそうにさせるとはかなりの低レベルだ。どうせちょっと研修してすぐオープンさせるのなら、もっと簡単な食べ物を出すようにしてほしい。

私は本当に、金を払って食べる食べ物にうるさいなあ。これって飲食店をやりたかったからだろうなあ。作家になりたかった人が文にうるさいのと本当に同じだなあ。

2月14日
安田さんのダイエット講座を代官山にて受ける。
ためになった。やせるかしら〜。
しかしとても楽しい人なので、細々したギャグがきいていて大笑いした。

あっという間になっつの性格をあれこれ見抜いたところなんてさすがだ。さすがあの数々のすてきな本を書いた人だ。

彼の会社に依頼にくる恐ろしい人たちの話など聞いて「この世にはいろいろな大変さがあるなあ」とヒロチンコと語り合う。

えらいなあ、安田さん……。長生きしてほしい。そしていろいろ考えてはまた教えてほしい……。彼はこの世の謎《なぞ》を必ず庶民レベルでときつづけていく、侍のような感じの人だ。余裕があって、なんとなく頼れる感じがにじみでていたねえとなっつとも感心しあう。

人って見た目に全部出るね（含む竹井さん）。

「だんなさんのことをヒロチンコさんとお呼びしてもいいんでしょうか」というのもおかしかった。

財布と晩ご飯の材料を買って帰る。

2月15日

近所の山元さんとランチ。

新しくできた店に行って、店についてあれこれ店の前で語っていた。「どうする、このメニューだよ……」「うーん、あじフライか……」「なんか素人《しろうと》っぽいかなあ」「すごくすいてて不安だ」「でもゆったりできるかも」などと。

するとそこのドアは、ガラスだと思っていた上の部分が素通しで、中につつぬけだった。恥ずかしがりながらペンネを食べる。

今日起こったショックなこと。

うちのホルスフィールドリクガメ、あつかましいところも大きさもなんとなく雌だよなあと思っていた。この二年の間ずっと。それでちび長というのが本名だがちび子ちゃんと呼んでいた。しかしさっきふと見たら、でっかいチンコを出しているではないか。ああ、立派な大人に成長したんだ〜（亀《かめ》は大人にならないと性別がわかりません）……。嬉《うれ》しい〜。しかも雄だったんだ〜。ちび太郎だったんだ〜。ああびっくりした。女かと思ってホテルに行ったら男だったっていう感じのショックだなあ。

2月16日

もらった券で観《み》た「コンセント」。

お兄さん、ひきこもりなのに、きっちりとシャツを着てベルトも。ううむ。市川実和子さんのきれいな裸と熱演を観たのでよしとします。ロビーで衣装が展示されていたが、ウェストが私の半分くらいじゃった。

りゅうちゃんの店に陽子と結子と行く。ヒロチンコも合流。明日休みでのんびり飲むってすばらしいなあ。つまみとか食べながら、たまにげらげら笑って、たまに沈黙して。

温泉行きの日取りなど決める。

2月17日

実家でジンギスカン。姉はなんであんなにもたくさんの肉を買ってしまうのだろう、私にはとても勇気がなくて買うことさえできないほど。

親が歳《とし》をとっていくのはあたりまえのことだけれど、悲しい。悲しんでもしかたないし、今まだ生きているからいいんだけど、悲しい。こういう感じは本当に子供でも産まないとごまかせない人類全体の悲しみなんだろうなあ。

そして親もまさか娘ふたりもいてあの歳まで孫がいないとは思っていなかっただろ

うなあ。ごめん！　といいつつ今日もまた動物で手一杯。

2月18日

リトルモアインタビュー、最終回。

中西さん今日もきれいな服でやってくる。同じ歳《とし》くらいの男の子がきれいな色の服を着ていると幸せになります。今村さんも相変わらずおしゃれで、そしてかわいくかしこかった。顔だけではなくて心がきれいなんだなあ、きっと。

「マルホランド・ドライブ」を観《み》る。今年のベスト1、もう決定。もしかして一生の中でもかなりの上位にランクインだ。

人を好きになるむくわれなさ、はかなさ、悲しさ。ねたみ、苦しみ。美しさ、切なさ。人生の深さ。そして人類のまわりに存在する邪悪な存在の影。全《すべ》てが入っていた。こんなすごい映画は久しぶりに観た。

どのようにくだらない愛でも、愛は切なくて美しい。どんなに汚れた心の中にも何か、清らかな風のようにさわやかな光が存在する。どんなに陳腐な夢の中にも真実が存在する。悲しみ、その美しさ。

これまで自分がおかした「人を思いどおりにしようとする」あやまちや、自分が勘違いされて変な情熱で愛されたことなどまで、許される気がした。私にとっての癒《いや》しとはまさにこの、リンチの映画のようなものだ。

ううむ、傑作だった。ため息が出る。

マウンテンで打ち合わせ。原さんのすばらしい絵が発表される。本当にかけねなくすばらしかった。いつもいちばん楽しみにしている瞬間だ。きっとすばらしい本ができると思う。

原さんもすがすがしい表情だった。

この旅のシリーズも今度から少し形を変えてじっくりととりくもうと思う。タヒチが「かけあし編」最後の仕事だったけれど、いい感じになってよかった。

家に帰ってから澤くんが送ってくれたDavid Blaineというものすごいマジシャンのビデオをヒロチンコとなっつとで首をかしげながら観る。

見た目もとてもクールでかっこいいし、服もいつでもTシャツで、世界中を旅しながらマジックをやっているところがすごい。思っただけで数字をあてたり、なぜか投げつけたトランプがガラスの内側に入ったり、靴の中にいつのまにかカードが入っていたり、空中に浮いたり、にわとりの首をとってまたつないだり。裸で暮らしている言葉の通じないような人たちにまで手品を披露していた。あくまでストリートが彼の舞台だっていうのもすてき。

しかし単に好きな数字を考えてくださいって言って、それを当てるのって……たねとかあるんだろうか？　そんな余地が？

2月19日

箱根へ。

ロマンスカーっていつでもなんとなく楽しい。パニーニを食べながらビールを飲んでもなんとまだ下北沢だ。

湯本の古い宿へ。建物とお風呂《ふろ》はすばらしかった。ごはんは……。

それにしても昔の人はこういうことを楽しみに温泉に来たんだろうなあ、ということがよく理解できた。なんだかおおらかな宿だった。仲居さんも人生に汚れた感じのたばこ臭いおばさんで、口を開くたびに言うことがいちいちなんとなくHでうらぶれていました。これがまた温泉宿の楽しみっていう感じ。

部屋にまでふんだんに湯がひいてあって、さすが箱根だと感心した。

最近どこに行っても薄まった湯が多いので忘れていた感覚だが、本当の温泉の効果がずっしりと体に来た感じがする。

2月21日

時計の発表会をのぞく。

オメガ、ラドー、ブランパン、ブレゲ……高級時計にかける人々の情熱にびっくりする。日本人、お金あるじゃん！

すばらしい時計の数々をうっとりとながめつつ、慶子さんと「私はこれ」「じゃあ私はこれにします、おそろいですね」と「高い時計を買うごっこ」をして遊ぶ。空《むな》しい……。

ベイリーさん、新飯田さん、岡部さんと楽しく食事。ちゃんと熱く企業としての責任感と理念があって、オメガはいいなあと心から思う。関わっている人たちが生き生きとしている様子を見ると楽しくなる。中華をごちそうしてもらったからほめているのではありません、ハンサムなベイリーさん。

2月22日

アニヤ・ハインドマーチさんのチャリティーのためのバッグ作りに参加したので、パーティに顔を出す。

まさに私の思っているイギリスの女の人!　って感じのキュートな方だった。鞄《かばん》の作風に本人があらわれている。

澤くんにもらった梅かよさんのものすごい写真「男子」シリーズをつかわせてもらった。我ながらだんとつですばらしいバッグができていた。最高！　他のバッグからすごく浮いていた。おわびに（？）アニヤさんにかわいいかまぼこと私の本の英語版をあげました。

おみやげも紅茶とクッキーでとてもセンスがよかった。

2月23日

いとこのたづちゃん、アントニー夫妻の家でパーティ。

たづちゃんはなっつが大きく育っていたのでびっくりしていた。そう、むかしたづちゃんは小学生のなっつと共に海で泳いだことがあるのだった。不思議！

たづちゃんの作ったダイナミックなフィッシュパイを食べる。おいしかった。

そしてゆかりさんの買ってきてくれたエスニック料理と、様々なチーズと、ワインとビールと日本酒……。なんでもありだった。

外間君、会うたびに、どんどんいいキャラになってゆく。それをいじめるたづちゃんとゆみちゃんのコンビが秀逸だった。

外間君「たまに下血があるんだよ」

アントニー「Only blood came from your ass ????」

外間君（暗い声で）「YES」

生きた英会話だ……。たいそう勉強になった。

その上、外間君がたまたまおむつみたいな形のコートを着てきたことがわかり、一同大爆笑。気の毒だなあ、具合が悪いって言ってるのになあ。

外間君、商店街のビデオ屋の景品「お金つかみどり」のボードの二段上に、たづちゃんの名前がはっきりと記されていたと語る。

彼はみんなの前でお金をつかむのが恥ずかしくて気が重くなり、つかみどりの当日、行かなかったそうだ。しかし同じくつかみどりの権利を手にしたたづちゃんはその日、手の大きいアントニーを連れて行き、箱の穴に彼の大きすぎる手が入りきらないと知るや自らトライ。奥までぐっと手を入れ、指の隙間《すきま》にまでお金をはさみこみ、なんと十円玉を百四十枚つかんだそうだ。すごい。

そして……この間、安田さんが言っていた。横隔膜が緊張していないと、食べても太らないのだと。その時に私の頭に真っ先に浮かんだのが、ゆみちゃんだった。いつ見ても細くてすらりとしているのに焼き肉ランチを食べていた。そして今夜もその秘密にせまってみると、今では一日二回も大きなドーナツを食べているという。そして、怒られても自分のこととは気づかないという名場面も持っている。ストレス少なめが大切なんだわ。やっぱり横隔膜はゆるめておくべきだ、ということが実証される。

あとでゆみちゃんから「次回も横隔膜全開でのぞみます」とメールが来ていた。

慶子さんと「キラッと光る、スマッシュ人生」というコピーが大きく書いてある、バタフライ（卓球用品のすごく有名な会社）の前を歩きながら帰る。それを見つめるヒロチンコのうっとりとしたまなざし。これからも立派なスマッシュ人生を歩んでほしい。

2月24日

花粉症でもうどうにかなりそう。ばかになりそう。背中も痛いし、熱も出た。今年も結局薬を飲む。いつもシーズン前は本気で「薬はよくない」「民間療法できっと治る」「ホメオパシーがあるじゃないか」「しそ茶を飲もう」などと意気込んでいるのに、ある日どかんと花粉が来て、熱が出て、薬を買う。まるでいつも優勝を誓う阪神のようだ。

でもがんばって用事をさっさとすませてまなみに会いに行く。元気そうで変わらなくて嬉《うれ》しかった。だいちゃんはますます立派になって、しっかりしていた。いい結婚だ……。

顔を出しただけだが、えりなちゃんにまで会えたし、山本先生のかっこいい帽子もまた見たし、満足。

2月25日

調子最悪なので、まず昼はリフレクソロジーを受ける。そして華麗なテクでちょっとましになったところでとどめにロルフィングを受ける。最悪の状態で受けたせいか、最高の結果。首がのびたような気分、肩こりの痛みも減った。

健康でないといつしか考え方が曲がってくるので、とても嬉《うれ》しかった。

ところで……私の大好きなアニメ「スーパーミルクチャン」の中に、ミルクチャンが何回も「ピーコさん、ここにもダサオくんがいますよ〜」っていうシーンがあるんだけど、それを見すぎた呪《のろ》いだろうか。

まず、オメガの会食の時、ピーコさんの話題が出た。次に、ギャルソンで服を買っていたら、突然ピーコさんが入ってきた。そして今日、店でごはんを食べていたら、またピーコさんが入って来るではないか! しかも隣の席に。なんと糸井さんまで来た。

糸井さんは記念写真の中にこっそりと心霊写真のように写りこんでいた。さすがだ。

ピーコさん……一週間に話題が二回、実際に二回遭遇。これってすごい確率だと思う。

はじめて日本に来たアレちゃんのお母さんとおばさんを招いた中華の夕べにて。

おばさんは相変わらずすごく楽しくて真顔で面白いことばっかり言うし、お母さんもかなりブラックなギャグをとばしてくれて、ずっとげらげら笑って過ごした。姉妹の雰囲気が似ているのを利用してナンパしてきた男をだました話とか、旧ソ連に旅行して油の固まりを食べた話とか、たくさんの面白い話を聞いた。

　このふたりがすでに未亡人なのだということを思うと感動する。ちゃんと第二の人生を歩んでいる。大切なものを失い、人生の形が変わっても、人生を投げ出さずにしっかり楽しむことができている。すごいことだと思う。

　アレちゃんのお父さんはずっと昔に亡《な》くなっているし、おばさんのご主人はわりと最近亡くなった。すばらしいおじさんで、私が行ったとき、フィレンツェのいろいろな場所をみっちり案内してくれた。おじさんは学校一のハンサムですごくもてたが、おばさんのすばらしい人となりに惚《ほ》れ込んで結婚を申し込んだという話を前に聞いた。そういうことを思い出すとちょっと悲しくなる。

　しかし、そうなってもふたりは世界中を旅行して回り（一週間くらいの旅ならしないほうがましだとまで）、その土地の食事を好奇心いっぱいに全《すべ》て試し、明るくて疲れを知らず、堂々として、しかも女としてまだまだ美しい。

　ヨーロッパでは高級なゴールドジュエリーはマダムのものだと言うが、それは本当だ。あの美しさと深さと品の良さがあらわれてきて初めて、大きな金のジュエリーがぴったりきて外見から浮かなくなる。

賢くて、頼りになって、でも自分の楽しみも忘れず、好奇心を失わず、誇り高く、家族を深く愛し、でも甘えさせることはない……イタリアのマンマは世界遺産だ。そういえば亡くなったジョルジョのお母さんもそういう人だった。

イタリアのお母さんたちを見ていると「家族の中にこの人がいれば、大丈夫だ、この人は最期《さいご》まで絶対くずれない」と安心できる。歳《とし》をとればとるほど、明るい深みが増していく。本当に偉大だなあ、と思い、そして何かあたたかいものに包まれたような、安心した時を過ごした。あの人たちにはものすごい安定感がある。ふたりとも美しく真っ白に輝いて見えた。

ものすごい量のおいしいお料理を、春秋の人たちははりきって出してくれた。そしてお母さんたちはそれを残さずに食べた。上手におはしを使って。フカヒレやピータンまで食べていた。大満足。

おばさん「ああ、今日は本当に少ししか食べられなかったけど、楽しかったわ」

最後まで冗談を飛ばして歩いて帰っていきました。

アレちゃんはもうすぐ日本を離れる。考えただけで、いろいろな思い出がよみがえってきて泣きたくなる。ひとつの時代が終わったのだ。

数日前にイタリアの親友の夫婦も別れそうだということを聞いた。

本当は大泣きして「別れないでよ～」と言いたかった。思い出が胸につまって苦しいほどだ。最高の旅をたくさん一緒にした人たちだ。絶対にふたりは一緒にいてくれないと、いけないのだ。でも、そんな勝手なことを言うわけにもいかず、事情も知っているので、ぐっと耐える。

寂しいなあ……。

そして明日もピーコさんにどこかで会ってしまうのかしら。

2月26日

ゲリーとランチ。美しく、声がかわいい奥さんと大野さんも一緒。遅刻して悪かったけれど、ラブラブで鼻の下をのばしているゲリーを見ることができて得した気分。

ゲリーは人類の全てが書き込まれたアカシックレコードを読むことができるのだそうだ。それをなりわいにして暮らしている。

なっつ「僕は将来はげますか？」

しばらくしてゲリーは言った。

「うん、はげるね。そして片方だけがすご～く長く残っていて、それを頭の反対側にぐっと持っていって、こんなふうにね」

そしてバーコードはげの仕草をした。

なっつ「ええ〜!!」

ゲリー「うそだよ、はげないよ、薄くなるくらいで」

恐ろしい冗談で人ごとながらどきどきした。

優秀通訳軍団のひとり、大野さんともちょっと話すことができた。大野さんはすごく若々しく、優しく、頭がよく、すばらしい女性だといつでも思う。人は外見にみんな出るものだ。ああいうふうになっていきたい。

西麻布《にしあざぶ》にいながらもピーコさんには会わず、一安心（?）。

2月27日

卓球のあとに思わずもう一回観《み》てしまった。「マルホランド・ドライブ」。

やっぱりすばらしかった。映像もすばらしかった。

誰でも夢見たことはあるだろう、自分の好きな人が弱く、自分を頼ってきて、自分は成功していく途中の余裕ある立場で、相手は自分の言うことならなんでも聞いて感謝してくれて、優しくて、体も喜んで投げ出してくれて。もしもうまくいかなくてもそれは何か恐ろしい陰謀が働いているからで、いずれにしても自分は自分のいちばんいい、輝くところで相手と接しているという設定を。

たとえ実のところは焼けるような嫉妬《しっと》にまみれていて、自分は最高にさえない人生を送っていて、相手も実はみにくくてくだらない人間で、夢も希望も全《すべ》て汚れていて、相手を殺してしまおうと暗闇《くらやみ》の中で決心したとしても、それで霊的な面でこの世の邪悪な階層とうっかり接触してしまったとしても、心の中にあるなにがしかの神性とか善性とかいうものは決してなくならない。

どんなにされても相手を好きだったということの悲しさはきれいなままだ。

そういうことをさあ、映像で表しなさいといわれて、さらっとできるっていうのがものすごい。

2月28日

由美ちゃんの家に、『キッチン』新装版の文庫の装丁に箔《はく》押しするためのサインをしにいく。

由美ちゃんの家はよく雑誌に載っているが、さすがによく計算されつくした機能的なインテリアだった。冷蔵庫も炊飯器も電話も収納されていて、白く四角い箱だが景色がすばらしくあたたかみのある部屋。

住んでいる人が何も無理をしていないのが特にすてきなところ。

由美ちゃんとずっと一緒にバイトに入っていたので、その整理整頓《せいとん》のしかた、何を切り捨てないで何を切り捨てるかの考え方がなつかしかった。

だから全然無理をしないで暮らしているのだなあ、と思った。そういうことがぴったりな伴侶《はんりょ》が見つかって本当によかったと思う。あの何もなさを無理してないととらえる人は、日本人ではなかなかいないと思うからだ。

昔から由美ちゃんは、むかでのデザインはすばらしいとか、餃子《ギョウザ》を作るときは大きさばかりかひだの数まできっちりそろえたいとか言っていたからなあ。

うちも収納はともかく整理整頓しようと思った。無駄な買い物しなくてすむし。

3月2日

原さんのライブ。特に前半と、アンコールの最後の曲がすばらしかった。

時がたつほどよくなる曲って本当にいい曲なんだろうなあ。とにかく堪能《たんのう》した。

私たちはうっかりみんなきちんとチケットを買ってしまい、招待にしてくれと言うのを忘れ、パスを誰も持っていないことに昼気づいた。

終わってからハルタさんとヒロチンコとごはん。ハルタさんの傑作な宴会話に苦しくなるほど笑う。ハルタさんは出会ったときからずっとハルタさんなので、本当に信頼できる。言っていることは全部、本人の言葉だ。

エスプレッソを飲んで帰る。

3月4日

立てないほどの熱が出たのは本当に久しぶり。

体温計の目盛りがぐんぐんあがっていき、最後には四十度だった。すぐそこにあるコップに手が届かず、氷まくらを替えに行くこともできなかった。そして体が痛くて、歯もうれつに痛かった。

ヒロチンコが帰ってきたときには苦しさのあまり泣いていた。むこうもびっくりしただろう、病状の激変（？）に。朝はわりと元気だったのだから……とはいってももうすでに高熱があったんだけど、まだ、歩けないほどではなかったから。私もびっくりした。体中が痛くてがたがた震えだし、目の前が何となく狭くなってきたのでいやな予感がしはじめた段階でいろいろな予定をキャンセルしておいて本当によかった。ちょうど、熱い温泉に肩まで入っていて、ずっと出られないような感じで、だんだんただ生きているだけでも息苦しくなってきた。

ああ驚いた。なんといってもその急なことに。

そして小人は見えるかな～と思ってあちこち見てみたが見えなかった。

3月6日

若干復活して、体中の痛みとかこりかたまったところをロルフィングでなんとかしてもらう。

なんとかなった。体はまだがたがただが、精神的にはすっきりとした感じ。あまりにも寝込んだし断食したので（やせはしないが）、多分浄化されてしまったのだろう。たまには熱を出したほうが体にいいかも。

しかしまだほとんどのものが食べられない。自分じゃないみたい。

この前目の手術の時も思ったけれど、いかに普段あくせくしているかが寝込むとよくわかる。

あくせくしないためだけに生きているのだから、本当に気をつけてペースを落とそうと思った。

3月7日

やっと人として少し動けるようになる。まだまだ調子がいいとはいえない。

ところで近所においしいパン屋さんがあるが、そこのご夫婦は疲労の極限という感じで見ているほうが苦しくなってしまう。笑わず、人と日を合わさず、顔色も悪く、体にはなんとなくはりがなくて、動きはいつでも誰かに命令された人のように苦しげだ。

わかるなあ、疲れすぎると、もし何かひとつでも意外なことが起きたら（店の壁に車がぶつかるとか、むつかしい頼みかたをする人がいるとか）もう耐えられないから、顔をあげなくなってしまうんだよなあ。私にもそういう時期があったけれど、やっぱりきっちりと倒れた。

どうかパンの質をおとさないでと祈るような気持ち。他においしいパン屋がないので、切実。

いや、おいしいところはあった。桜新町《さくらしんまち》にもう一軒。少し遠いけど、あそこで働いている人たちはわりと元気で遊び心もある。あれは、人海戦術がうまくいった例だと思う。だって、いつでも人がぎっしりと並んでいるけど、店員さんとパンを焼く人たちもいっぱいいるから。パンを売るためだけの人も、カウンターに三人いることもある。たまにいちばんえらいおじさんが出てくるけれど、顔も光って堂々としていて、誇らしげで、元気そうだ。

3月9日

結子の家にお茶しにいく。まだ熱がある。頭も痛い。

スケジュールに無理がありすぎだとしみじみ言われて、反省する。りゅうちゃんから電話。

「どうして来られないの〜!」

「まだ足腰がままならなくて……ここは今、ばばあの園だよ〜」

「いやだわ〜、ばばあがまんずりこきあいね！　お大事に〜」

なんてすてきなお見舞いの言葉でしょうか。

3月11日

ロボットの野村さん、松本さんと原さんと、吉村《よしむら》作治の店（たぶん……そしてもちろんエジプト料理）でごはん。それにしてもエジプト料理、なつかしい。なんだか味と共に思い出までよみがえってきた。っていうのは、エジプトとその店でしか食べられない料理で、この数年間全く食べていない味だったからだ。

久しぶりに慶子さんを見たら嬉《うれ》しかった。慶子さんの顔って大好きさ。見るだけで心がほっとする顔だ。

原さんの家にちょっと寄ったら、お母さんは原さんのつくったデザートを食べていた。風邪をうつさないようにマスクでごあいさつ。いつものように「いつもいい指輪して！」とうらやましがられた。私の顔とかいまいちおぼえていないのに、なぜか身につけているものをおぼえてくれるのだった。そしてみんななんとなくこわれていて、その場ではお母さんがいちばんまともだったのがおかしかった。

3月13日

まだふらふらしているがちょっと歩いてみる。体がなかなか戻ってこない。困ったものだ。近所のカフェでごはんを食べ、手帳のカバーなど買い、夕方はラーメンズを観《み》に本多劇場へ。ハルタさんをだしにしてむりやり招待してもらったけど、行ってよかった。笑った笑った。涙が出るほど笑った。

健ちゃんありがとう、そしてチケットをゆずってくださったH編集部のみなさんも本当にありがとう、笑ったおかげで少し病から回復しましたよ。

帰りになんだか知っている気がする顔の人が前を通った。それは写真集で見たことがある、ヒロミックスさんの妹さんだった。そしてヒロミさん本人もいた。お互いこのところ、体調が悪いよ～というメールしかやりとりしていなかったので、元気な姿を見せあえてよかった。笑顔で別れる。かわいい姉妹だな～!!

魚料理を食べに行く。健康的なメニューで、食欲がないのにラーメンズごっこをしながらものすごくおいしく食べた。

ハルタさんが秘書検定三級の資格を持っていることを聞き、「そ、そうか書類上は慶子さんよりも上か！　げらげらげら」とみんな笑いすぎるほど笑う。失礼だなあ！　しまいにはよその会社の健ちゃんに「いくらなんでも笑いすぎですよ」としかられる。なによりも問題なのは、社長である私がそのことを知らなかったということだろう……。資格じゃないんだ、ハルタさんは文句なくすばらしいのだ。

3月14日

ダ・ヴィンチと星星峡の取材で幻冬舎へ。

元気そうな斎藤君や見城さんや菊地さんを見かける。よかったよかった。

最近歳《とし》のせいか、書いたもののことをすっかり忘れていることが多く、なんだかまぬけた答えしかできなくなってしまった……。これからはチャネラーとして生きていくべきか……。「意識を失っている間に書いてしまいました」でもあながち嘘《うそ》ではない気がする。

丹治さんに「大人になっての高熱はすばらしいことだ、体が生まれ変わり、ガン細胞も死ぬ」と言われ、ちょっとはげまされる。

夜は久しぶりの太田さんと奈良くんと野菜鍋《なべ》を食べに行く。

野菜また野菜。おいしかった。体にいいって感じがした。鍋の、みそ汁とも粕汁《かすじる》ともいいがたい汁が絶妙。そしてところどころ「?」と思うほど独創的な食べ物（たとえば、あんず寿司《ずし》……）があった。この感じは、神宮前の月心居《げっしんきょ》と同じ感じ。ストイックに禅寺でごはんを作っていると、冒険の仕方の方向もそういう特殊さを帯びてくるのだろう。方向性としてはあん肝とか、生ハムメロンとか、そういう発想に近いと思う。

奈良くんはものすごいTV雑学博士になっていた。日本に住んだかいあり。

奈良くんは林隆三、ヒロチンコは矢部に似ているというすばらしい結論が出た。どうりで矢部を見るたびあたたかい気持ちになるはずだ。

店の人に「服と靴が合ってない」とまで言われつつ、たまたまやってきた渡辺満里奈《まりな》さんとあいさつをする。お互いに長年人間関係などがすご～く近いところにいて、やりとりまでしながら、はじめて会った。なんだかすっきりした。そしてかわいかった。

夜道で慶子さんが風邪で休んだフラを踊ってくれるが、全然ついていけない。

その上、慶子さん、秘書検二級を受けて落ちたと激白……。どうとらえるべきかさっぱりわからない上に、自分がそういうことを全然知らないことも。

鈴やんが早稲田《わせだ》出身だったこともあとから知ったし。

「うわ〜、うちはみんな優秀だ！」このおちにしておこう。

3月15日

やはり体調すぐれず。

なにかねじとかがとれてこわれた感じ。

外間君のインタビューに刺激されて、小嶋《こじま》さちほさんの本を読みふけって、涙する。写真を見るだけで、夫婦そろってあまりにいいお顔をしているので泣ける。

私がどんと好きであることはあまり知られていない。ローザ時代にギターをひいていた玉ちゃんとは一緒に飲んだり、いろいろな場面で一緒になったけれど、どんとさんとは何回も見かけつつ接点のないまま終わってしまった。でも彼が遺《のこ》したものは私の中で不滅だ。そして和尚《おしょう》とか、ハワイとか、沖縄とか、接点は数限りなくある。そうやって、人の作品は人の体の中に根付いていくのだろう。

今まさに私が踊っている古典フラを見た直後に亡《な》くなったということも、妙に理解できる。

このことはエッセイでじっくり書こうと思う。

3月16日

快気祝いに鈴やんと鍋《なべ》を食べに。K子さん(仮名らしい表現)もためしにさそってみたらやってきた。

さっきまで二日酔いで寝ていて、しかも昨夜飲酒運転でミラーをポールらしきものにたたきつけたとの噂《うわさ》。らしきものっていうところが酔っぱらいらしい感じだ。テキーラ飲み比べなんて嫁入り前の娘がしてはいかんな!

K子「でも事故らなくて本当によかったです〜」

鈴「事故ってます」

いいやりとりだった。

鈴やんはますます冴《さ》えていた。彼がこの世にいるだけで私は幸せだ。この愛は……男性への愛でもなく動物でもなくいったいなんなのだろうか……。

おたく同士の心のふれあい? う〜ん、悲しい。とにかく鈴やんよ永遠なれ、賢く優しくかっこよくちょっととんちんかんでかわいい子に弱い鈴やんのままで。うちのお父さんにも「あの子は、いるだけでいいんだよ」と言わせしめた彼……。

あらという魚の鍋のだしのおいしさで健康が戻ってきたようだった。

3月17日

小雪ちゃんの結婚パーティ。とてもお似合いのふたりだった。遅れていったら原さんがこつこつと何か食べていた。すごくすてきな服で。薄いブルーのシャツのボタンのところだけ濃紺になっていて、ジャケットは肩のところがちょっと変わった縫い方をしてあった。原さんはいつも「どこでこんなすてきな服を見つけるの？」というようなちょっと変わったデザインの服を着ている。本当にすてきだと思う。

みつ枝《え》さんをはじめとして豪華メンバー、久々にいとうせいこうさんにも会った。相変わらずすっとしていてかっこいい。声もすてき。

みつ枝さんちのフラットコーテッドレトリバー、ミントちゃんはなんと十二匹も子供を産んだという。「もうかわいくてかわいくて、本当はみんな飼いたかったしだれにもゆずりたくなかったけど、仕方ないから、目が開かなかった三匹だけ手元にのこしたのよ」って……あのでっかい犬が家の中に全部で四匹？　なんだか、犬二匹と猫一匹の世話でひいひい言っている自分のスケール感がばかばかしくなるような話だった。しかもみつ枝さんって子供さんもいらっしゃるし、お店をたくさん経営しているし、カフェや花屋もやっているし……すごすぎる。どういうことなのだろう。毎日のスケジュールとか聞いてみたい。その上、すごくきれいだった。

遅れて陽子、結子登場。人前で見る結子はほれぼれするほどかっこいい。

花嫁らしく小雪ちゃんはとてもきれいだった。歳をとるほどきれいになっていくっていうことは、幸せっていうことだ。よかった。

3月19日

なんとかしてフルートとフラへ。花粉症と風邪のなごりでせきが止まらない〜。あまりにも長く間をあけたのでフルートの課題曲「雪が降る」が季節はずれに!

フラは一週休んだだけで全然ついていけない。何回か先生を「ぷっ」と吹き出させる面白い踊りを踊ってしまった……。

3月20日

軽く卓球。腕の力が抜けているのがいいとヒロチンコーチにほめられた、嬉《うれ》しい。

家で静かにトマトの蒸したものなど食べ、調子を整える。たまにいやというほど野菜を食べると本当に胃が立ちなおるので面白い。飲んでいる解毒薬《げどく》のせいで口の中にいろいろな味がするのが面白い。主に塩の味。きっとふだん塩分をとりすぎているのだなあ。

あまりにも花粉症がきついのでオアシスというイオン発生装置を買ってみた。そうしたらこれがけっこうすばらしい効き目で、小さいし音もしないし、空気がきれいになってすがすがしい。

3月21日

たぶん飲んでいる薬の力で、頭が割れるように痛い。これだけ毒素をためていたのかと思うと、がっくりくるような目がさめるような。むしろ目がさめた。健康について真剣に考えるのはよいことだ。

仕事をまとめていろいろやる。寝込んでいた間のぶんがいやというほどあった。でも無理はまだしないようにする、それが大切。

夕方高島屋に行って、晩ご飯の材料と共に、ついに！『ＭＯＮＳＴＥＲ』を全巻買ってしまう。完結のうわさを聞き、姉、慶子さん、なっつなどと「おまえが買え〜」となすりあったが、「ｂｏｘセットあります」の誘惑に負けた！　まとめ買いしたので、実に不吉な「３匹のカエルストラップ」とか「なまえのないかいぶつストラップ」などがついてきた。

そして野菜水餃子《スイギョウザ》を猛然とゆで、食べ、読みまくる。

感動感動、涙涙！　いいマンガだったなあ。頭の痛さも忘れた。もちろんいろいろと「薄いな」と思うところもあるし、彼の描くものはいつでもキャラが一緒なのだが、作品への愛情が感じられるとそれが全然気にならない。あの「丁寧に描いてやる」という強い意志はすばらしい。大満足。

3月22日

昔住んでいた近所の自由学園のライト設計のすばらしい建物の中で、野ばらちゃんと沼田さんと鼎談《ていだん》。

野ばらちゃんはますますきれいになり、極《きわ》まっていた。彼は本当に男らしい人だと思う。外見はきっちりとお化粧してアリスのプリントがしてあるスカートをはいていたが……。男の中の男とはああいう人を言うのだろう、作品もますますすばらしいし。顔がきれいだということだけではなく、人間は外見に全《すべ》てがあらわれている。

沼田さんは私の今年の一番好きな本「水玉の幻想」を創《つく》った人だ。盆栽の頃からずっと「すごいなあ」と思っていたが、思った通りすばらしい人だった。こだわりがあり、自由で、かたくなで、なんとなく懐《なつ》かしく切ない存在だ。「ここまでやれるのか、人は」といつも彼のやっていることを見ると思う。自由のためにはなんでもしている。人が面倒だと思うことや、しなくてはいけないと思うことと戦い続けている。

そして目が覚める。

なんだ、いつのまにか本を出すために本を書いていないか？　と。いけない、何をやっていたんだ、また自由から遠ざかっていた！　と。そして懐かしさとは痛いものだから、孤独なものだから、つい目をそむけてしまっていた、と。私がそうじゃ、天職にそむいてしまう。いかん！

真の芸術家は人の目を覚まさせるのだなあ。あんなすごい人、なかなか存在しない。ほんと～うにすごいと思う。そして、ああいう人がいるというこの世の奇跡を信じよう。

ライトの建築の前で、エプロンをしておぼんとカップを持った私、かっこいい帽子をかぶった沼田さん、そしてロリータでヴィヴィアン一色の野ばらちゃんの写真……。後でポラを見たヒロチンコが「なんて浮き世離れした写真だ……」と言っていた。あまりにもおなかがすいたので、なっつに強く訴えかけ、寿司《すし》を食べに行く。春の寿司は幸せだ。

「TRICK2」が終わって悲しいけど、石野真子が歌う「狼《おおかみ》なんかこわくない」も聞いたし、最後のシーンはふるさと日暮里《にっぽり》の駅だったし、満足。楽しいドラマだった。作っている方も演じている方もとっても楽しそう。

3月23日

なっつとヒロチンコとお昼を食べ、店の階段を降りたらヒロチンコが言った。

「石田純一だ……」

見ると目の前のタクシーの中に石田純一が！

目があったのでにっこり笑っておじぎしてみた、すると石田純一もにっこり笑っておじぎしてくれた。春のひととき、みんなでほほえみあい、おじぎしあうすてきな感じ……。ええ人や……。

いつも「石田純一に似てる」と言われるヒロチンコだが、やっぱり本物は違う……ほりが深かった、そして涼しい感じでかっこよかった。ううむ。

ピーコさんといい、このところ「スーパーミルクチャン」に出てくる有名人に会う呪いでもかかってしまったのだろうか。あとは丹波……麻衣パパ……田中角栄はもうむりなんだな。

3月24日

なぜか土肥《とい》温泉へ、りゅうちゃんと結子と陽子と行くことになる。

いつもの宿ではない土肥、不思議……。しかし山と海があってゆったりしていて人々も感じがよくて、やっぱり土肥はいいなあという気持ちになる。あらためてほれなおした感じ。

大沢温泉と堂ヶ島の関係もそうだし、京都と鞍馬《くらま》の関係もそうだが、修善寺を過ぎた瞬間に空気がふっと変わり、山深くなる。私はそこを越えてからのところでないと、遠くに来た気がしない。その線を越えると、なんとなく守られているようなふわっとした自然が突然姿を現す。

そして風呂《ふろ》に入ってお菓子を食べたりビールを飲んで、ただただだらりとして過ごす。とても大切、そういうのって。

夜中にひそかにマッサージ機にかかってみる。なんという進化だ、昔みたいにごりごり固くなくて、まるで人が入っているように柔らかくもんでくれる。みんな感動して口々に機械にお礼を言っていた。「ありがとうございました、もうけっこうです、お疲れさま……」そのくらい進化していたのだ……。

3月25日

帰りは山の上を通って帰ってくる、湯ヶ島経由。りゅうちゃんの運転がうまいので楽しい気持ち。みんなで平井堅の歌をなぜか合唱する山道……。桜やみかんや杉でこんもりと緑色の春の山に、合っているようないないような。

三茶で女たちだけ降りて、カレーとバナナケーキでランチ。幸せ……やっぱり二食三昧《ざんまい》をするとそういう味がほしくなるものだ。

3月26日

英会話の先生の家で氷の結晶にいろいろな言葉を投げかけたときの形の変化の写真を見せてもらう。もうインチキでもなんでもいいくらいきれいだった。けっこう感動した。

それをまた美しい母子がほほを寄せ合って英語で説明してくれているっていうのがさらに胸を打たれたところ。

夜食事の時に陽子が「そういえば昔、目があったら感じがよかったので立ち寄ってみた占い師のおじさんもその写真を見せてくれたわ、そしてそのおじさんは雲を消すことができたよ」と。

謎《なぞ》が多すぎる……陽子の人生。

3月27日

卓球解放が終わってしまった……最後の卓球を心をこめてびしばしやっていたら、突然森君がやってきたのでびっくりした。さてはスカウトマンか！　また場所が決まったら卓球しようと誓い合って別れる。

しょんぼりしつつおみやげを買って、迎えに来てくれたなっつと共に実家へ。常識では考えられないような量の唐揚げが待っていた。タルトを買ってきたことを悔やむ。果物にすればよかった……。

母の部屋にオアシス（空気清浄機）を設置。空気がいいと喜んでいた。

父に「こんどの、アルゼンチンのおばあさんの小説はとってもよかった」とほめられる。「こういうのが小説っていうんだよなあという感じだった」とまで。ちなみにそれは「虹《にじ》」のことではなく、ロッキング・オンから出る奈良くんといっしょにやる奴です。

ちょっと嬉《うれ》しかった。

これまでバカだバカだと言われ続けたので「さほどのバカでもないんですよ」という小説を書いてきたが、しょせんバカなのでバカに戻ることにした。バカ小説第一弾って感じだろうか。

たまったモーニングとスピリッツをまとめ読みして満足する。中川いさみは偉大だなあ。おねえちゃんに「絶対どっちかに住まなくてはならないのなら、花園メリーゴーランドの村とあのバーバーのある街とどっち？」と聞いてきたら、姉妹そろって意見は花園に一致。ううむ。あの、バーバーのマンガを悪いとは全然思わないけれど、あの価値観こそが、最も合わない価値観の世界なのだった。きょうだいだなあと感心する。

3月28日

散歩がてらひとりで卓球場を求めて三千里。

家からすご〜く遠くに、ぽつんとあった「卓球会館」を見学。それは人の家の一階が卓球場になっているところで、雑然とした受付から中を見てみると、そろいのユニフォームを着たおばあさんたちが、煮物を食べていた……。

ばば1「あんたひとりじゃ卓球できないよ」
私「いえ、見学です……」
ばば2「あたしたちに聞いてもわかんないよ、借りてるだけだからね」
ばば3「そこの呼び鈴を押すと上から人がおりてくるわよ」
ばば1「入れてやってもいいよ」
ばば4「だめだよ、あたしたちが借りてるんだから」
私「あの、見学なんでいいです」

らちがあかず、とりあえずびしばし打ち合うおばあさんたちを見つめていたら、弁当を買いに行ったそこの、卓球がすごくうまそうな主人が帰宅。

ご主人「いつでもいらっしゃい、ただし、夜九時からは強者《つわもの》がぞくぞく集まり、すごい雰囲気になるからよしたほうがいい」

私「この人たちはいつもいらっしゃって貸し切りなんですか?」

ご主人「そう、木曜はいつもこの人たち。もう七十くらいだけど、高校からずっとやっている人が多いね」

奥が深い……っつーかなんつーか。くらくらしたけど、面白いので一回来てみよう。前のところは設備は完璧《かんぺき》だったが、なんだか知らないけどいつも同じ団体の子供たちがいて、全然卓球やる気なくて、マンガを読んだり、台に乗ったり、ラケットを投げつけたり、すごくいけない感じだった。

ここは卓球がしたくて来る人しか来ない分、いいのかもしれない。

明日行くことになっているトークショーに出てくるデザイナーの方の服が知りたくて、ｍｉｎａに行く。なんていうか、サイズが小さくてかわいくて繊細でこびとの服みたい。すごくすてきだが、がさつな私には……似合わないかも。来る人もすごくマニアックだった。私は試着中にさっそく糸をひっかけてニットをぴ～とほぐしてしまい、おおごとに。かえって悪いことをした気が。なんかこびとの国に迷い込んだがんじょうで巨大な女が情深く動けば動くほどものごとを壊していくって感じだった。かろうじてサイズが合うすごくかわいいものをいくつか購入する。小さい女に生まれていたら、こういう服が着たかったなあ。

健ちゃんとうちあわせをしてそのあとヒロチンコと合流、みんなでおいしい魚を食べる。自分のでかさ（デブなだけではなく背も高く肩幅もでかいし足もでかいのだ）を嘆いていたら、健ちゃんに「だってこの人、服を着たおしてますもん、普通はギャルソンの服とかって大切にたたんでそっと取り出していろいろ合わせるんですよ。でもこの人はハンガーにがさっとかけて、がっと取って、が～んと着て、どぴゅ、みたいな感じだから」と言われる。

おめ～、俺のクローゼット見たことねえだろ！　と言いたかったが、その千里眼ぶりに驚いて何も言えぬ。そのとおりですよーだ。

3月29日

沼田さんと皆川さんの「水玉の幻想」のトークショーに行く。吉本さんの司会最高！　世界観がきっちりしすぎたトークショーよりも、ああいう意外な角度から司会してくれるほうが、この場合は沼田さんや皆川さんの意外な面をひきだせて面白いと思った。青山出版社の人たちって、一丸となって本を作っている感じ。あれだけの本を、あのこだわりの人と作るのは大変だったんだろうなあ。でもいい本だし、一生みんなが大切にして何回も読み返すものだから、苦労は報われると思う。寒い海辺に千個以上の石を拾いに行った話とか、なんだかいい話だったなあ。ものを創《つく》る人ってやっぱりそうであってほしい。

沼田さんはやっぱり何もかもすばらしい。話も深いし、いさぎよいし、スライドで見た写真がなによりも本当にすばらしかった。エロスと無情と外国の文化の味とかわいさと懐《なつ》かしさ、全《すべ》てが透明な距離感をもって写されている。ああいうまなざしこそが貴重なんだよなあ、自分の足で行き、自分の目で見たことしか写さないということが……ああいう年上の人がいると、しっかり生きていこうと思う。

皆川さんもこだわりの人。あのお店の全てがよく理解できた。私はでかくて着られないけど、でも、すてきだとやっぱり思った。服を買うということもやっぱりイメージを買うということだから、それがはっきりとしていると自分の世界も広がる。腰ではくはずのスカートを腹ではいている私……何回もあやまったが「いいえ、いいえ」

と優しくほほえんでくださった。そうとしか言えないだろうな、そりゃあ。

ピエールさんのギターもとてもよかった。澄んだ音色にみな心静かになった。

ちょっとだけコメントし、帰りにむりやり自分の本にサインをすると言ってブックセンターの人を当惑させつつ、本当にむりやりサイン本にしていく。

沼田さんに陽子ちゃんを紹介したら「葬儀屋の話したすぐ後に葬儀屋の娘を連れてきてくれた」と喜ばれたのでよかった。

3月30日

朝から激しく花粉症。うすうす感じていたが、多分、これは真実。チーズをたくさん食べるとてきめんに悪くなる。そして牛肉も。

代官山の有名なオムライスの店へ。まずくないんだけど、なんか全体的に不潔……店が。その疲れた感じが味にも出ているんだよなあ。おしい！

ロルフィングを半分寝ながら受け、背中の痛みが少し軽くなって、なんとかして花見の宴会へ。

持ち込みというかなんというか、貸し切りの二階席では次郎くんたちが買ってきた三本の日本酒を堂々と机の上に出し、さらにちほちゃんの韓国土産の海苔《のり》とキムチを皿にあけてがんがん食べても怒られない……下町のコネってすばらしい。みんなへべれけ。そして、阪神が勝ちさらにみんな喜び、なっつは満面の笑みを浮かべている。下では店のおばさんがビールを十本くらいただで開けてくれ、そこにてるこの彼氏がやってきてへべれけのみんなに「日本人の女何人とやった?」などと詰問《きつもん》され、ちほちゃんと彼氏は「ちん毛を石鹸《せっけん》の脇《わき》にためるのはどうか」という問題で論争し、てるこに「垢《あか》で作った太郎みたいに、ふたりでちん毛太郎を作ればええやん!」と言われ納得し、がんちゃんちのりょうこちゃんはいつの間にか大きく育っておしゃくしてくれ、すばらしい宴会だった。鴨ちゃんにも会えた。元気そうで幸せそうだったので本当によかった。いろいろと互いの変化などを語り合う。今でも鴨ちゃんと行ったデンマークの旅は私の中でとてもよい思い出だ。

おねえちゃんとヒロチンコとラーメンを食べに久々にえぞ菊に行ったら、すごくだめな店になっていた。おねえちゃんがへべれけなので大声で「ここラーメンしかないのになんでこんなに遅いんだろ」「あ、これ水道水」「しょっぺ〜!」などと的確なことを言い続け恐ろしい。でもしょっぱなに「何で全員違うものを頼むの!」と店の人に言われたときには思わずむかっときて「いいじゃん、好きなもの頼んでも!」と言ってしまった。ひどい店だ、千駄木店。早稲田《わせだ》店は活気があるのに〜。

そしておねえちゃんが「うちの近所でのらになってる賢くてかわいい子猫を飼わない?」と言い出したが目が泳いでいたので問いつめたら、もう七ヶ月以上いるそうだ。

それ、子猫じゃないじゃん!!!

3月31日

ついに決心して新しい猫を飼う。

名前はタマス。

意味は青梅《おうめ》街道沿いに住む慶子さんと外間くんには、きっとわかるだろう。

ビーちゃんのお嫁さんだ。といっても手術してしまったから、厳密には違うが。ずっと飼うかどうかで悩んでいたが、ビーちゃんの孤独な猫ライフを見ていたら、たまらなくなってきたのだった。でもワクチン済みで子猫過ぎず、雌で、虫がいない猫なんてなかなかいない。ずっと売れ残っていたおっとりさんの彼女しかいないと思えてきたのだった。

夕方高島屋のガーデンアイランドに行って犬たちが遊んでいるのを見ていたら、一匹がウンコし、みんながそれをがつがつ食べていた。「うわ〜、なごむ〜」とヒロチンコと冗談を言い合う。あのすぐ後にあの犬たちを買う人がいるかなあ。そして植物の店で苔《こけ》などを見て、満足する。

本当に後悔しないかどうかヒロチンコと話し合いつつ、近所のかわいい定食屋でハンバーグと生姜《しょうが》焼き定食を食べる。まあもう心は決まっていたんだけど。

いつも世話になっているペットショップのお兄さんにこれまでの飼い方の説明を受け、家まで送ってもらった。しかし猫をお金で買ったのははじめて。

そして家中が動物でいっぱいだ。どっちを見ても動物でいっぱい。なんだか幸せ……。

ビーちゃんは怒りながらも興味しんしんでとても楽しそう。

4月1日

タマちゃんはすごく不器用で、ずっと檻《おり》に入っていたから足が弱い。大きく育てなくては、健康に。

昼はちほちゃんの撮ったケミストリー（う、うまい。そしてムーンライダースの白井さんがかっこいい）を観《み》て、夜はてるこのモロッコへの旅番組を見る。なんだかすごく小さい村にいるみたいな感じ……。

てるこの番組、紳助さんはすてきなトークをしてくれたけど、ちょっと惜しいのは本文の朗読がなかったところ。本の宣伝はできないということだったのかなあ。今回の旅と前の旅の対比がないと、せっかく同じ土地に行って昔の恋人と再会したりしたのに少しもったいない。

4月3日

卓球会館のしぶさにヒロチンコ大感激。天井にはみの虫。床も滑らないし、すごく気に入ったようす。ばばあをかきわけて下見に行ってあげたかいがあった。

二時間も熱心に打ち合う。そしてカフェでちょっとシャンパンなど飲む。そのあと近所の超まずい味のないピラフを食べて、帰宅。

実はこのところずうっと新作の追い込みだった。ずううううっとだ。なんだかへとへとだが、ひたすら仕上げる。

4月4日

新作のタイトルは実は「王国」というのだが、へとへとに疲れていたせいでMOにも王国玉国と書いていた。大丈夫だろうか？　と自分が心配になる。

つい今年は飛ばしすぎてしまったが、中編がたくさん書けて嬉《うれ》しい。内容はちょっとおばかさんな女の子とエコロジカルライフというか超能力というか。主人公は興奮すると話をくりかえすタイプで文体もくどいくどい。飽きたけど、うんとかわいいおとぎ話だと思う。ちょっとアムリタに似てるかな。

井沢くんと立原へ。あいかわらず大胆で繊細でおいしい。

ふたりとも立原正秋ファンなのでしみじみする。話題は「ヴェジタリアンになるか否《いな》か」結局否ということに落ち着いたが、かなり真剣に語り合い実りがあった。だいたい二十年間もしていた喫煙をすっぱりやめたという話だけでも興味深かった。入院してカウンセリングだけで……すごいなあ。

ばか話をしながら藤村俊二さんのお店へ。なんというか、芸能人でいっぱいだ。角さんとかカルーセルさんとかいた。藤村さんに心の中で「脱獄王と人生の歴史が重なっているんですね……」と昨日観《み》たTVのことをそっと語りかける。

そしてさらに井沢くんの「最近俺が気になっている透けた店」というのに行こうとしたが、寒さのあまりその場にあった地下の東北弁の店に入ってまたしみじみ飲んでしまう。あるやきとり屋の話になり、おいしさのあまり八十本のやきとりを食べた人がいるとマスターは言っていたが……八十？「それでね。やきとり大嫌いな人に食べさせたら、五本食べたんだよねえ」五本ってすごくリアルだった。

その時すでに三時くらいだったが、ふたりともへべれけなので勢いでその透けた店に歩いた。

透けた店に入ると異常に親切なマスターが「今からスターウォーズはじまりますよ！」と言っている。振り向くとスクリーンでは確かに上映が始まっている。しかしその前のソファでは人々がぐうぐうぐうぐう寝ている。靴も脱いで、横になって。

「あの人たち……あのままで最後まで寝るんですか？」

「うちで寝て出勤していく人もいますよ」

「寝ている間は何も飲みませんよね……」

「そうですねえ、でも常連さんだからねえ」

寝ているところが外から透けているのでばっちり見えているけど、寝ている。

「あったかくすると僕も寝てしまいそうなんです」

とマスターは言った……。すごいなと思ったのははじめカウンターで飲んでいた人が、飲み終わったらさっと立ち上がり、ソファに行ってみんなといっしょに寝だしたことだ。

いろいろな店があるなあ。

「どうぞよろしく、また来てください、できれば寝ない感じで」

と最後に言っていたのがおかしかった。

「ミルクチャン最高だったって、石井さんに伝えておいてね」

と井沢くんに言ったら、

「俺、田中秀幸《ひでゆき》さんとはずっと仕事してるよ」

と言われて愕然《がくぜん》。

「今から電話してみる?」とまで。でもさすがに三時過ぎていたのでいくらそういう業界とはいえ、もう相手は電源を切っていた。

しかし私はどきどきどきどきしていた。もしもつながってしまったら、やっぱりミルクチャンのまねをして「はーい、こちらは吉本ばななです、なーんつってな!」と言うしかないだろうと思ったのだった。

4月5日

なっつが仕事完成のねぎらいにコロッケを山ほど揚げてくれる。からりと揚がっていて、中身はいい感じにほくほくしていて、ちょうどいい下味がついていて、さすがあの料理上手の母の息子だ。おいしくて何個も食べヒロチンコと共に「コロッケ屋になりなよ」と熱くすすめてみる。

さりげなく別の方を向いていたラブちゃんが突然潜水艦のようにテーブルの下からがっと顔を出し、皿の上のコロッケを一つつかんでまた沈んでいった時には本当にびっくりした。すごい技だった。

みんな怒るというよりはむしろ感心した。

ところで昼間、断水なのでバケツに水をくんだものをトイレに置いてあった。私がトイレにすわっていたら、タマスちゃんがすたすたとやってきて、水を飲むためにバケツの縁に足をかけ、そして、頭の重さでバケツの中に落ち、じたばたしておぼれはじめた。あまりの鈍さにびっくりしながらひきあげたら「ぷはー」とか言っている。心配だ……。やっぱり長く檻《おり》にいたから足がなえているのか、単なるおばかさんか。

4月7日

春風コンサートをちょっと見に行ってみる。しかし、入場料フリーってのはやっぱり問題ありだな、と思うような感じがそこここにただよっていた。司会の人がまじめでいい人だっただけに、ますます。

やっぱりサンディー先生はかっこよかった。うむを言わさぬ迫力。一瞬にして全く違う客層をつかんで自分の方へ持っていった。長年ステージに立つってそういうことなんだな、とそのプロさに心から感心した。ステージに初めに出てきたとき、客には全《すべ》てが伝わってしまう。あの瞬間のサンディー先生の頭の中は、完全に何もなかった。ためらいもいきごみも。自然で、でも力があふれていた。すごいことだ。先輩たちもすてき……。いつになったらあんなに踊れるように……なりそうもない。

陽子ちゃんと焼き肉を食べ、ちょっと家でお茶。タマスちゃんのぽわんとしぶりにおどろいていた。

4月8日

近所の居酒屋に行って、巻物を食べまくった。

うにオムレツもおいしい。やっぱり寿司《すし》出身の料理人の店は、魚が新鮮でいいなあ、と思う。

となりのカップル……にまだなっていない二人、男は妻があり、女は別の男にふたまたをかけられているのを知っているが暇だしかっこいい人だからつきあっているという設定……のかけひきをじっと聞いてしまう。「そんな男とつきあうより俺がましだ、今日は帰さないぞ」って、何を根拠に？　しかも同じ会社で面倒だよ。

これなら確かにふたまただがかっこいい男とつきあったほうが時間のむだじゃない気がする。酒で寝て、さらにあとくされありなんて最悪だと思うのだが。

この程度の気持ちでくっつくと、別れも不毛だしつきあいも不毛だなあ、などとしみじみと思い、帰って「花とみつばち」を読んでげらげら笑って寝た。

4月10日

卓球会館に行くと、おそろしい実力の、ユニフォームを着た人たちががすがす打ち合っていた。すごい迫力、そして真剣味。私には全くないものだ。しかし実力からいえばヒロチンコもそのくらいできるはずなので、私では申し訳ないなあと思う。平尾さんか？　やっぱり。マーちゃんか？　たづちゃん？　今村さん？　そういう豪華ゲストが必要かも。

そ、そうしたら私が楽できるかも。

帰りにその近くの寿司屋《すしや》に入ってみるが、高い、まずい、だらしないの三拍子。しかし、雰囲気と体裁だけは整えてある。常連さんは味がわからないので、その雰囲気にごまかされている。なんと悲しいことでしょう。そしてお金は、ほんとうにおいしい寿司を食べることができるだけ払わされている。

先日比較的近所のスーパーでふつうの、丸い大きなゴミ箱を買おうかと思ったら、ふたがなく、ふたがないからそれを聞こうと思って店員さんを捜してたら、忙しいのか面倒なのか、目をそらして逃げていく。むりやり捕まえたら「今ふただけ品切れです」と神秘的なことを言っていた。

どうなっているんだろう？

そこは前にもみょうがと大葉が両方溶けていたり小松菜がしなびきっていたことが

あって、なんとなく足が遠のいていたが、わりと近所なのでつい行ってしまう。そしていつもそのふまじめな感じにぐったりとした気持ちで帰ることになる。

そういういんちき寿司屋とかいんちきスーパーには、もう行くのをやめよう、と思った。

そういうことでしか、自分の人生の時間を守ることはできない。おおげさのようだが、そういう不快さにかかずらわって、どれだけの時間とお金を損しているかと思うと、大切なことだと思う。だいたい口に入るものはダイレクトに人生と関係あるので、おろそかにしたくない。

4月11日

このところ、足の裏の痛みを軽減させるためにちょっと歩き方を変えてみたら靴ずれを起こすことが多く、やむなく出先ではきやすい靴を買ってはきかえたりすることが多い。どうせ買うなら普通の靴を買えばいいのに、どうしてもバネがついたやつとか、変な色を買ってしまう。

こういう感覚が、コーディネートの失敗を呼ぶのだなあと妙に納得する。どうしてもスニーカーって変なものほどつい買いたくなってしまう。

しかし昔は体の感覚がどえらく鈍く、靴ずれをしても全然気にならなかったし、いつでも裸足《はだし》だったし、化繊と化繊の重ね着とか平気でしていた。それが若さという説もあるが、体はひとつしかないから、ていねいに扱うにこしたことはない。あの時期の無理が、今のアレルギーだの冷えだの足の裏の痛みだのにつながっているのはよくわかる。やはり長距離を歩くときはそれなりの靴を履くのがとても大切。

アトレをじっくりと見て回り、山ほどの本を買って帰る。

「自閉症だったわたしへ」シリーズの第三弾が出ている。け、結婚……。この人の文章はすばらしいと思う。いつもその論理性と叙情性にうたれてしまう。自分やその感情に対して厳密であろうとする点では、自閉症の人たちのほうがよほど人生を生きているのかもしれない。

しかもカスタネダの新しい本（まあドンファン知恵袋みたいなものというか……）がなんと北山耕平先生の訳で、しかもかっこいい装丁で出ているではないか。太田出版ばんざい！

耐えきれずルノアールでちょっと読んでしまう。そしてルノアールに入ったことを後悔する。このたばこくささ、そして新しい客が入ってきたら、ウェイターのおじさんが「ちっ！」と言った。私は思わず「あ〜、今、お客さんに、ちっ！　って言いましたね〜」と言ってしまった。するとおじさんが「てへ」という顔をしてその後優しくなった。ちょっといい話？

4月13日

指輪の修理のついでに、リトルモアギャラリーに寄って、シアタープロダクツの服を見に行く。考えもすてきだし、売り方もすてき。見て着て楽しい服。とてもいい展覧会だと思った。なっつにTシャツを買ってやり、かわりにみそラーメンをおごってもらった。

さて英語の勉強でもすべかと思って「ER」を借りに行くけど、棚ひとつぶん有る上に、裏を読むといつでもせっぱつまっているのでやめてしまった。あれはやっぱり週に一回で充分。あんなにどきどきするのが何巻も連続したらきっと疲れてしまう。

そこでもうすぐ今度こそ本当に終わるという「Xファイル」にする。いつのまにかモルダーはさらわれて消えており、違う人が活躍している。たまに出てくるとモルダーはえらく太っている……。スカリーもすてきだが老《ふ》けている。スキナーもなんだかでかくなっている。確かに潮時かもしれない。でもけっこう力が入ったストーリーが多く、わりとちゃんと見てしまう。ただ、私にとって「コウモリにしかない酵素」とか「粘液は苦手でね」とか「医学的にも不可能」とかいう英語は、おぼえたらいつか訳にたつのだろうか?

それにしてもあの二人がいつのまにかあんなにも深い愛をはぐくんでいたのにはびっくりした。

前々からうすうす思っていたが、やっぱりセックスは人間関係の要《かなめ》ではないんだなあ。自分にとって薄いジャンルだからそう思っていたのかと思ったけれど、こういうなが〜いドラマを見て、奇妙に納得した。他にまじめにすごくやりたいことやしているることがあったら、セックスにさく時間はなくすのもおかしいが、そんなにたくさんはないような気がする。ましてあちこちであれこれ融通するなんてもってのほかだ。まあ人それぞれ、向き不向きだろうけど。

4月14日

一日中、本当に一日中、Xファイルを観《み》てしまった……。

しかもけっこう真剣に入り込んで。まさか赤ん坊が生まれるとは……、びっくりしたなあ！　そしてこんなにもずっと観てきたことにあらためて驚く。結子に赤ん坊のことを言ったら、同じくらいびっくりしていた。

結子「あのふたり……深いところではぴーっとつながっているのに、だからこそうまくいかないところがありそうで心配よね」

私「でも生きるか死ぬかのことがいろいろあって少し変わったみたいよ」

結子「あれを観ていると自分の悩みがちっぽけに思えるよね」

私（そりゃそうだろうと思いつつ）「なんだか長く観てるから、知っている人たちの恋愛を見ているようだよね」

結子「そうなのよ、なんだか長いつきあいって感じ」

やっぱり……。

4月15日

リフレクソロジーに行ったら「目と肝臓と腰と腸が疲れている」と言われた。それは、一日中すわって、Xファイルを次々に観て、ちびちびとビールを飲み、ちびちびびとおつまみを食べていた結果だと思う。体は正直!

夜は小説の完成祝いに松家さんと寿司《すし》!

おいしかったな〜。

久々に桃井かおりさんとばったり会ったけど、ますます若いし、きれいだし、本当にいい人。表裏がなくて、ありのままで。あの歳《とし》の取り方、いいな。

松家さんがかんぴょう巻きを好きなのが、とてもかわいい。

なっつがおいしさのあまりずっとほほえんでいたのが印象的だった。

そのあと神楽坂《かぐらざか》の行きつけの店(?)に言ったら、そこのマスターというかママが「アブトロニックで本当に腹がへこんだ」という話をしてくれて、すごく信憑性《しんぴょうせい》がある感じだったので慶子さんと色めき立つ。

でも、慶子さんはもう、アブトロニックのバッタものを買ったという。

そしてママに「偽物《にせもの》はだめみたい」と言われて落ち込んでいた。

4月16日

聞いてみれば慶子さんの持っているアブトロニックもどきは「アブサイバーベル

ト」だそうだ。なんて、バッタものらしい名だ！

うちの近所ではなんと「アブアウェイエレクトリック」が売っている。もう何がなんだかわからない。意味も不明。

でも、買いました、夕方。ロフトで。

そして腹をふるわせている。どうかな～？　ただ、気づいたのは、あれをしながら何かを書くと文がそぞろになるということだ。それじゃだめなんでは？

4月17日

しーちゃんが家の前で知らないおばあさんと話し込んでいた。

何事かと思い聞いてみると「赤ん坊が閉じこめられているが鍵《かぎ》をなくした」とのこと。おばあさんのお孫さん？　と聞いたら「いいえ、私の子供です」と言う。どうひいきめに見ても赤ん坊ができそうに見えないお歳《とし》……。だめだこりゃと思い、いっしょに家を探しに行くが、すっかり忘れたとのこと。

やむなく警官を呼んでみる。

そうこうしているうちに大家さんが窓を開けてふとんを干しているのを見つけ「大

家さん、このおばあちゃん知ってます?」と聞いたら、知らないとのこと。

おまわりさんは、はっきりいって、情報を持っているという以外なんの役にもたたない。住所も、だいたい何があるかも、デイホームの場所も知らない。

あそこまで役にたたないとは知らなかった。

大家さんが優しく「おばあちゃん、お名前は?」「お歳は?」「あなた息子さんいるの?」「名札つけたほうがいいわよ」「あんまり出かけない方がいいわよ」などと話しかけながら、服のほこりをとってあげたりしていて、じんときた。やっぱり頼りになる、警官よりも……。

でもそのおばあさんは「四十五歳」ときっぱり言った。大家さんは答えた。「私は八十よ」

なんか、らちがあかない……。

しかしそこでさすがの大家さんは「何年生まれ?」とさらに聞いた。すると明治四十五年……。すごい歳だ。

結局前の記録が警察に残っていて、住んでいるところもわかった。わりと近所だった。みんなほっとして、おばあさんの乗ったパトカーを見送る。「パトカーにはしょっちゅう乗りますよ」とおばあさんは言っていた。

大家さん「長生きするのも善《よ》し悪《あ》しね……、私もああなるのかしら」
私「大家さんなら、すぐに家に連れて帰ってあげますから大丈夫です」
それにしても近所のすごく小さいアパートにそのおばあさんは住んでいるらしいが、息子がひとりいると言っていたものの、そこに二人で住んでいるのかどうかは謎《なぞ》だった。だってそうとなると、息子もけっこうな歳でしょう。何回も「息子は生きてるの？」「会えるのかしら？」とおっしゃっていたが、もしかしてもう亡《な》くなっていたら、とても切ないことだなあ。
しーちゃんとしみじみお昼を食べたりお茶をしたりして別れた。
この前なっつが実によく似た話をしていたのを思いだして電話してみる。
私「なっつ、おばあさんが鍵をなくしたのにつきあってずっと探してあげてなかった？　でもそのなくしたっていうのはうそじゃなかった？」
なっつ「うん、うそじゃなかった。かなりの歳だったけど」
私「九十以上？」
なっつ「そこまでは行ってなかった、鍵はスーパーで見つかったし」
私「名前は？」
なっつ「××さん」

私「じゃあちがう、でもアパートって言ってなかった?」

なっつ「そうそう、○○荘」

私としーちゃんは愕然《がくぜん》とした。なんと、今日のおばあさんとなっつが会ったおばあさんは、同じアパートに住んでいたのだった。

徘徊《はいかい》老人でいっぱいのアパートが近所に……、今度こういうことがあったときのために、思わず入り口を確認しにいってしまった。

さて、夜はえのもとくんと耕野先生と春田さんとラーメンズに！

耕野先生のマンガ、私は高校生くらいで読み始めたかなあ……まさか会える日が来るなんて。マンガ通りのすばらしい人だった。強くて、優しくて、目がきりっと澄んでいて、似顔絵そっくりで。

えのもとくんは対談以来十年ぶり。全然変わっていない。

そして漫画家同士の夫婦って、大変そうだけど楽しそうだった。

ラーメンズはとっても冴《さ》えていたし、やっぱりレベルが高かった。組み合わせの妙と、演劇のよさと、脚本の鋭さがいいふうに働いていて、しかも愛がある。今が旬《しゅん》なのも確かだが、長くやって蓄積したものを観《み》たい。

終わってからその濃い～メンバーで楽屋へ行ってしまう。

賢太郎さんも片桐《かたぎり》さんも、とてもいい感じだった。思わず「竹馬、大変でしたね」と言ってしまった。

耕野先生が自分は牡蠣《かき》嫌いなのに牡蠣の店に連れて行ってくれる。そしてみんなで楽しく飲んで、春田さんのすてきなトークも炸裂《さくれつ》し、しかも送ってもらい、いい時間を過ごした。えのもとくんと話していて、人を笑わせることで身をたてることとその誇りをとってても強く感じた。ラーメンズもがんばってほしいな。

4月18日

美しくかわいい合田ノブヨさんを取材する。

鎌倉《かまくら》の鶴岡八幡宮《つるがおかはちまんぐう》のおたいこ橋のところで、まちあわせ。すてき〜！

私「ここを通りかかる中で一番の美人を見つけたらそれがノブヨだ」

なっつ（けっこう大きな声で）「あ、美人！」

なんて露骨な表現！　しかし本人でした。やっぱり。

そしてあれこれ聞いた。六月にある彼女の展覧会のパンフレットに書き下ろしの文を寄せるためだ。

かわいいカフェもあるし、緑も多いし、古くからの店もあって、鎌倉はいいなあ。

昔、お母さんの友達が馬の首を持ってきてしまって、しかたないから鍋《なべ》を借りに行って、でも貸してくれなくて、ガソリンスタンドにドラム缶を借りに行って、そしてさばいて煮たとか言っていたが、すごい話だ。全然役にたたないけれど、すごい。さすがだなあ……、この世でもっとも恐ろしい家庭環境かもしれないなあ。お母様の一存で子供の時エジプトに住んでいたしなあ。

なっつ「ものすごく美人だったけど、ハルタさんの匂《にお》いがした」

失礼だなあ……。

帰りにエリザベートの家に寄る。

すてきだった。どうしてヨーロッパの人はあんなにも家の中をきれいにできるのだろう？　かといって生活感がないわけではない。で、高級品だけでそろえているわけでもなく、意外なものもちゃんといい感じにまとまっている。いやなことはいやときっぱり思い、自分なりに改装し、その人の色が家にちゃんと出ている。

彼女の家は静かなところにあり、近所を散歩すると山の匂いがしてくるし、すぐに海にも出ることができる。あたりにはすてきな日本家屋がたくさんあり、古い木がたくさん植わっているのに、それが目に見えてどんどんつぶされ、薄っぺらい新しい家がどんどん建っていく。

日本人って、頭悪いなあ……。

近所のサーフショップみたいなところの若者とエリザベートが「こんばんは～！」とさわやかに挨拶《あいさつ》しているので、「すてき、地元だね！」と言ったら、「うわべだけな」ときっぱりと。そしてだんなさんが帰宅して猫が喜んでいるのを見て「やっぱりおやじが帰ってきて嬉《うれ》しいんだろう」と。エリザベートさんの日本語、最高です。つぐみ級。

おいしい手料理をいただき、猫と遊ぶ。

この家の猫、道くんは、誰も何も言っていないのに、人の字になって寝転がり、ずっと長い間微動だにせずに自分をアピールする。

そして、だんなさんが背中をすごい力でぼんぼんたたくと、なぜか前足でざぶとんをぐるぐる回し始める。

不思議な芸風だったがかわいかった。

4月19日

ちょっと遠くの動物病院まで、ラブ子を乗せてドライブ。

初診なので、血液検査もしてもらう。

先生「この子はおっちょこちょいで、興奮しやすく、甘えん坊で、でもいばっていて、うちべんけいで、よく気をつかうわね。気がとどこおりやすいけれど、気力でおぎなうというか、そういう感じ」

って……飼い主の話？

とにかく薬ももらったし、気になる背中の腫瘍《しゅよう》もどうも悪性ではないらしいと聞いて、安心。血液検査の結果も、気になっていた膵炎《すいえん》はもう治っていて、コレステロールが高いと……これも、飼い主？

そう思いつつも、なっつと思う存分焼き肉を食べて帰宅。

ところで昨日行ったカフェで作品を出していたお姉さんの家の犬は、竹串《たけぐし》を飲み込み、それが背中からもりあがって出てきたそうだ。さすがにひゅっと抜くのはこわくて、病院に行ったそうだ。そうしたら結局病院ではピンセットでひゅっと抜いてくれたそうだ。

神秘だ！

4月20日

久しぶりにおちさんと玲子に会う。

全然老《ふ》けてないし、美しくかわいく賢く、結婚しても変わらず、すばらしいままだった。本当によかった。

高校の時はろくなことがなかったが、この人たちは本当に好きだった。しっかりしていて情にあつく、信頼できる人たちだった。あと、ふたりとも外面《そとづら》は別によくないけれど、心に決めたことはちゃんとやるし、一回信じたものは変えないという性格がある人たちだった。普段あまり自分のことを言わない玲子が、お父さんが亡《な》くなった日に電話をかけてきてくれたときは、本当に感動したものだった。友達と思ってくれているんだなと思った。

しかも同じ会社に十六年だの十八年だの勤め続けている。これって、きっと、会社の方もいてほしいんだろうな。なかなかいないすばらしい人たちだからなあ。玲子は一回だけ転職しているが、新しいところでもうえらくなっているし。

でも驚いたなあ、ひとつの会社にそんなに長くいるとは……。本来それでいいのかも……。

私の結婚指輪を作ったリンダさんが来日したので、お礼がてら会いに行く。そして、ブレスレットを買う。組み合わせる形式だったので、どのパーツにするか、予算内におさまるか、働き者で優しいコバヤシさんと真剣に考え、計算してしまった。フロア中の人たちがその様子をあたたかく見守ってくださった。

リンダさんは普通ではないオーラの持ち主だった。白くばりばりと輝いていた。さすがああいう魔法のジュエリーを作るだけのことはあるなあ。字と本人もそっくり。そしてペンチとニッパーで魔法のようにパーツをつけかえてしまった。鮮やかな手つきに感動。

そしてバーニーズの、ジュエリーのバイヤーの人のセンスのレベルは、世界に誇れるほど高いと思う。日本人としての今までのいやらしい枠をみんな壊してくれた。誰かがそうやって突破口を作れば、変えられるのだ。彼女を見ると、いつでもそのことを思って自分もがんばろうと思う。

いい買い物をし、みなさんとすがすがしい笑顔で別れた。

夕方結子が来たので、私の作ったばんごはんをいっしょに食べ、りゅうちゃんの店で飲む。久々にタロットをやったが、懐《なつ》かしかった～、昔私は占い師だったのです。二百円しか取っていなかったけれどね……。

超能力のある結子を観《み》るのってなんか楽しかった。
結果も面白かった、だいたいカードの出方がふつうの人と違うんだもん。
りゅうちゃん「まほちゃんも観てあげるのよ！」
結子「タロットカードわかんないもん！」
そして一応切って展開してみたりして。
私「ど、どう？」
結子「ごめん、実はさっきトイレで観て来ちゃった」
なんだよ、それってタロット関係ないじゃん！　あんちょこ……？　でもないし。
でも興味深い結果だったので、納得して帰った。

4月23日

フラのあとランちゃんの前世について語り合う。みんなで「スイスだ！」とか勝手に言い合う。

それにしてもスタジオのとなりでごはんを食べるのは、どんなにおいしくてもちっとも休まらなくて悲しい。まだ先生の声が聞こえてくるし、なんだか申し訳ない気さえしてくる。

本日もひざがくがく。そしていっしょに踊っていた人たちが私の仕事を知らなかったことに驚く。ばななちゃんなんて本名の人がそんなにいるわけないだろう……。でも踊っているとそんなこと誰も気にしている暇がなくて、そこがいいところ。ランちゃんは全然文章のジャンルが違うせいか、お互い苦労して世慣れた仮面をつけてきた課程が似ている（と勝手に私は思っている）せいか、いや、たぶんいっしょに踊っているから、なんとなく親しみを感じる。

いっしょに踊るって、ものすごいことだという気がする。

対談などで知り合っていたら、きっとこんなにふつうに話せなかったかも。私よりもお姉さんだし。

4月24日
夕方からはりきって大井競馬場に行く。
健ちゃんとなっつは本当にくわしいので、立派な新聞を買っていたが、私はたった一枚の日刊スポーツでのぞんだせいか？　惨敗《ざんぱい》だった。でもかなりいいところまでいったレースがあったので、満足した。だいたい買い方が多すぎる。一着を軸にした流し（まだわかってないのであいまい）？　なんて考えたこともない。一着二着三着を順通りに当てるなんて、誰にできるのか？　それに馬に「勝ちそう？」と聞くと「うん」というくせに負ける。何を信じていいのか……。

なっつも負けたのでふたりで「銀行員の息子はかたくてやだね」とよく勝っていた健ちゃんをののしる。

でも彼の人生には大井競馬場で牛モツを食べるというハイリスクな一面もあるようなので許してあげることにし、彼のおごりで、あの、おいしい「アダン」で思いっきり食べる。本当に思いっきり。

久しぶりに行ったのに働いている人も変わっていないし、おいしいし、本当にいいお店だ。近所にないのだけが悲しいところだ。書き下ろしなどにとりくんでいると、絶対に行けない。久々に行ったのに「髪の毛のびたね〜、ただただのびたね〜、なんなの？　のびちゃったの？」っていう評価はどうしたものか。

このところ、いろいろするべきことを終えて寝ようとすると夜明けが来ていることが多い。忙しいし、春なんだなあ。冬はまだ暗かった時間にはもうすっかり空が明るい。

4月25日

あまりのあわただしさにクリーニングの札をつけたままｃｏｄｅ展のオープニングに行ってしまった。そこで興味深い品をたくさん見る。空さんが使っているソーラー携帯ストラップ、すごくうらやましかった。海辺での充電、それはいつも私の課題だ。商品化をのぞむ。あとは米にひきつけられた。米を作っている人も、とてもすてきだった。

そして中島さんがいつも優しくほほえんでいた。いいなあ、中島さん。

後藤さんがせっかく「俺が撮ったの！」とすすめてくれた、すてきな写真が表紙のノートをせっかく買ったのに、ついかわいかったので別売りの刺繍《ししゅう》のカバーも買って隠してしまい、恩をあだでかえすようなまねをしてしまった。

澤くんもいつもの福顔でほほえんでいた。そして流ちょうに英語をしゃべっていた。やっぱり、しゃべれるんだ、よかったなあと思っていたら、澤くんが坂本龍一《りゅういち》先生に「ばななさん僕に訳を頼んでくれたんですよ」と言った。そしたら坂本先生は「うわ〜、すごいね、無謀だね！」とあのすてきな声で、まじで驚いた様子で、おっしゃっていました。

不安になんてなっていません……。きっといい訳になるでしょう。

「久しぶりですね」と昨日競馬場でずっと共に戦ったことを忘れたかのように挨拶《あいさつ》を交わした健ちゃんと、太田さんと、ごはんを食べに行く。なぜかばったりと「キッチン」の装丁の由美ちゃんに会った。嬉《うれ》しかった。

そのあと私がちゃんと目的のCDを買えるかどうか心配してHMVまでわざわざついてきてくれた健ちゃんが、「君の求めている曲はこのCDに入っている」と言ってすごい速度で探してくれた。「さすがだ、私だったら二十分以上かかっただろう」と思い「ありがとう！」と心から信頼して買って家に帰ったら、入ってない……。

本当にロックの会社の人？

不安になんてなっていません……。きっとトイレに行きたくてあわてていたのでしょう。

ロックの生き字引、鈴やんに聞いたら「それはよくある間違いです。イギリス人であるコステロは、よく、わざと中に入っていない曲のタイトルをつけたりします、ちなみに先生の買ったCDはコステロのCDの中でも最も持っていなくていいCDです」というようなことを親切にメールに書いて送ってくれた。

4月26日

無謀な日程でつきすすんできたら、さすがに疲れてきた。

しかし、なんとかせねばなるまい。今年最後の山場にしよう（と本人は思っている）。この忙しさを。

その疲れた頭で、どうしても買わなくてはならぬいくつかのものを買うために渋谷《しぶや》であれこれ買い物をしていたら、なんだか、買い物って孤独な人のすることだなあという気がしてきた。どうでもいいものを中くらいの値段で、たくさん、たくさん売っている。

そしてみんな幽霊みたいに、あるいは異様に生き生きと買い物をしている。

その買い物をするためのお金を、はりきって稼いでいる。

へとへとに疲れているので、そんなふうに思えてしまった。

化粧がうまくできているから、肌がきれいだから、服とバッグと靴があっているから、君と結婚したい、なんていうことはありえないわけだからなあ。よほどのことがないかぎり（職がモデルだとかスタイリストだとか）、だいたい何を身につけていても、さほどの差はないわけだからなあ。ファッションに金をつかうってむつかしいテーマだなあ。

などと思いながら寒い中を歩いていたら、しみじみと一人暮らしってたいへんだなと思った。会社があれば、毎日同じ人たちに会うからまだ耐えられるけれど、私の場合は、ずっと家で働いているから、電話だけで誰とも会わずに一ヶ月とか暮らすこともありえなくはない。それにはきっと山奥にでもいないかぎり、絶対に耐えられない。家族のいない生活……。私にはとてもできない。

ヒロチンコが留守なので、とりあえずの家族動物たちのもとへ帰る。みんな寝ぼけまなこで玄関に迎えにきてくれて、気も晴れた。

4月27日

澤くんから電話。ショックなことを聞く。
澤「あの時、会場でPHSの電池が切れて、奈良さんから電話かかってきたらどうしようと思ったんだけど」
私「そんな時のためにあのストラップがあるんじゃん！」

澤「そう思って聞いてみたらPHSにはつかえませんって……」

だめじゃん！　ソーラー携帯ストラップ。

でもいいよなあ、生きて歩いているだけで充電できるなんて、すばらしいよなあ。人間にとって、バッテリーを充電する悩みって、けっこう深いところにぐっと根ざしている気がする。ぜひ、PHSにも使えるようにして、商品化を。

空さんあの美しい真顔で「これでベルトを創《つく》ろうと思っているの、ベストとか……」と謎《なぞ》のところまで考えが及んでいたからなあ。

あの充電できる自転車、買おうかなあ。

感化されやすい私だった。

それにしても坂本さんはえらいと思う。社会活動にはあまり興味のない私だが、芸術家があれこれ考えているうちに、世の中のどう考えてもおかしいと思われるシステムに風穴をあけたくなる気持ち、それは痛いほどわかる。外国だとそういう人は自然に、たくさんいる。が、日本でそういうことをはじめると、必ず文句を言われるか、スキャンダルをとりざたされて足をひっぱられる。

私もはじめはあの変貌《へんぼう》にびっくりして「どうしてしまったんですか？」と思ったけれど、今は「いいことだと思います」と思っている。自分は参加しなくても、できる形では協力しようと思うし、ものを買って協力することもできると思う。長く続けているのを見ているうちにやっと誤解がなくなったというのが正確なところだろう。

4月28日

母の誕生日を祝う。

しかし好きなものがあまりない母は、姉のごちそうをほとんど食べず、ひたすらさしみを食べていた。

そのひらめのさしみが異様にうすくきれいに並んでいたので、ついに姉も板前なみの包丁さばきになってしまったのかとびっくりしたら、皿ごと宅配便で送られてきたそうだ。すごいサービスがあるなあ。

春田さんの学んだ不思議な教科書の話を聞く。なんだか、すごい人生だと思う。一貫しているものがあるというか。春田さんに会うと、いつも幸せ。いつも、なぜだか神戸のことを思い出す。いっしょに高架下をずっと歩いたことや、雨の中大丸に行ったこととか、カレーを食べに行ったこととか。それで、いつも幸せな思い出だったなあと思い返す。

原さんもあいかわらずすてきな服を着て、すてきなプレゼントを持ってやってきた。

4月29日

奈良くんの家に行く。

太田さん、澤くん、なっつと共に。

ものすごい音のするすてきな時計をもらう。

うちに設置してみたら、時刻が変わるたびにばたーんという音がして、猫がびくっとする。もうさすがに慣れたみたいだけれど。

奈良くんは蛇がやってきたかと思っていちいち驚いてしまうと言っていた。あんなに、自分の絵が描いてあるのに。

00分の時の絵は「ｆｕｃｋ!」だ。そして太田さんが「ちょうどの時間って確かにｆｕｃｋ!って感じがしますね」って言っていたのに、なっつも私もひそかに驚いた。編集者ってたいへんだっていうことかなあ。

奈良くんの家、やっと家らしさがましていた。はじめて行ったときは何もなくて寂しくてなんだか泣き出したくなった。本当によかった。

すばらしい絵や、奈良君の過去の写真などを見て過ごしていたら、すごくお腹《なか》が減った。

そして奈良くんおすすめの近所の中華に車で行く。休日なのでとても混んでいて、しかも店の人に車の中で待っていなさいと言われたので、みんな暗い車の中でじっくり待っていた。

澤くん「じゃあ、何食べるか考えよう、奈良さん、この店にどんなものがあるのかメニューを教えて」

っていうの、すごくおかしかった。

本当にお腹が減っていたので、みんな真剣に考えた。

そしてやっと店に入り、食べた。満足した、すごく多い杏仁豆腐に特に。

みんな忙しいのでなかなか会えない人たちだ。別れるときすごく寂しい感じがした。

4月30日

今にも倒れそうな感じで英会話とフルートへ。先生がどっちもとても優しかったので、なんとか乗り越えた。人にものを教える人の優しさって、すごいと思う。忍耐力というか、あたたかさというか。

しかしちょっととばして働きすぎた。脳が加熱しているのがわかる。

それでもさらに働く。荷造りにも手を出す。

去年の書類なども整理していたら、去年本当に困っていたときに友達にもらった、ものすごく親切な手紙が何十枚も出てきた。ものすごく忙しかった時に書いただろうに、十枚くらい来ているものもあったので、驚く。それから、イタリアの友達にもらった本当に心のこもったはげましの手紙も出てきた。その時は、それどころではなくて(というか困りすぎていてエネルギーが全くなかった)とおりいっぺんのありがたい気持ちを持っただけだったのだが、今になって、そこに込められたはげましの強さに気づいた。そういうことってたまにある、その時はその内容のすごさに気づかないことって。

友達の大切さを痛感する。わかってもらっているってすごいことだ。

5月2日

上野でカラオケ大会。疲れているのでやけくそだ。四時間はやりすぎた。まあ人数が多かったのでそのくらいだろう。

慶子さんの歌いまくるダンスマンを満喫する。かわいかった。

そして次郎君の歌のしぶさになっつは「抱かれたい……」とつぶやいていた。「でも男だから抱かれない」と。

そして今なら私は鬼束《おにつか》ちひろの「流星群」を全くコピーできる。自分の歌としてではなくて、ものまねとして。すぐできなくなるけど。あれって、名曲だと思う。

それにしても上野は、ものすごく変わっていた。駅にアトレができて、さまざまなすてきな店ができている。ガーデンまであった。チチカカも、染太郎も、みはしも、本屋さんも。すごいことだ。

次郎君が親切に、自分の地元かのように案内してくれた。

古い上野もすばらしいけれど、それをこわさない形でなら、ああいうものができるのもいいなあと思った。ちゃんと地元の店が入っているのが、いいなと思ったところ。

それから立ち飲み屋で悪夢のようなおじさんたちに混じって飲んだけれど、店の人、えらいなあ、と思った。同じタイプのおじさんたちが、次々にやってきてはへべれけになって去っていくからだ。減ることはないんだろうなあ。

5月3日

もう一匹の犬を病院に連れて行く。どん欲で、寂しがり屋で、親に素直になれず、いろいろなことをぐっとこらえて育ってきたので鬱《うつ》状態だと……これって、やっぱり飼い主の話？

しかしそれぞれの犬にそれほどまでに育て親が反映するとはおそろしい。子育てのむつかしさを痛感しながら帰宅。人間の子を育てる自信がますますなくなった。私の上の人（上のほうにいるらしい人）も、上の人の言うことを聞ける人によると「産まなくていいよ」と言っているらしいし……。すっかり弱気。もうそうなったらそうで飲んで書いてだめに暮らそうっと。

世の中はすっかりあったかくて、公園も緑がいっぱいになっている。今日は半袖《はんそで》でも寒くなかった。やっと本当に春？　今年は何回も裏切られたので体が疑っているのがわかる。

夜は井川遥《はるか》が語るのを見ながら、明太子《めんたいこ》パスタを作って食べた。彼女の人気、それはあの暗さだろう。消えたあとの電気の残像のような、あの、視界のひろがらない暗さ。あの感じが暗く沈む人々の心を癒《いや》すのだろう。本当に弱っていると、人は電気を消して、静かな部屋に横たわるものだ。そういうようなことだっていう気がした。時代だなあ。

それでは、癒されつつも、よれよれでハワイに旅立ちます。

5月6日

ハワイは、つまりこのホテルだ……。

そう思うほどホテルが大きい。ホテルのはしからはしまで三十分かかる。船や電車も走っている。そしてエレベーターを降りたところの池にはなぜか三本（と呼びたくなるいでたち）のバラクーダがいる。

変な魚だ……、でもくぎづけになってじっと見てしまう。小さい魚がえらとか口の中を掃除してあげている。

窓からイルカが見える。プールの中で遊び回っている。そしてイルカは夜のあいだ、楽しそうにしゃべりあっている。「今日の客いやだったよなあ」「かなわんな～」みたいな感じ。でも仲がよくてかわいらしい。全部で八匹くらいいるだろうか。

なんとなくロミロミかなあ？　でも違うんじゃないかなあ……っていう感じのマッ

サージを受けて、プールでだらりとして、化学調味料でいっぱいの中華を食べた。

それにしても母と姉とマーちゃんの酒の量はすごい。私は日頃自分は飲み過ぎではないかと思っていたが、そんな悩みはすっかり払拭《ふっしょく》された。

5月7日

ワイピオ渓谷まで行って乗馬。

着くまで、私は「自分が申し込むときワイメアとワイピオを間違えていたのではないか」という不安が消えなかった。もしもワイメアだとすると私の大嫌いなカウボーイ体験が待っていることになってしまう。荒馬に乗るところとか縄をぐるぐる回すところとか見て、私の大嫌いな固い肉のバーベキューを食べて、陽気に歌ったり踊ったり……アルゼンチンでも死ぬほどいやだった、あの、カウボーイ体験……。歴史的にはどうだか知らないが、私の感想では、カウボーイと馬は同じくらい意地悪い。

でも合っていたので普通の乗馬ツアー。

おそろしい崖《がけ》を車で下り、その後馬に乗って川の流れが速いところを渡ったりしてけっこう馬と一体となって苦労する、っていうか馬に乗せてもらっているだけの乗馬。こっちに来てとたづなをひくと「素人《しろうと》はだまってな」とすごく逆らう。

切り立った崖のものすごい景観だ。

外で暮らすヒッピーの人達はどの国でも聖地にいる。イタリアの神秘的な海岸で見た人達と全く同じ、狂った波動を持っている。野生になっていればまだいいが、単に人としてすっかり気が変になっている。やっぱり人間には屋根が必要なのだと思う。あと、聖地は暮らすためにあるものではないからだろう。

姉の乗った馬が最後の方でいきなりすわった。姉は全然あわてず落ちもせずに「ストライキを起こした～」と正確に言っただけだった。さすがだなあと感心した。だいたい海外二回目なのに私の百倍くらい旅慣れているのはなぜなんだろう。昔から尊敬していたがますます「すごいなあ」と思う。

それにしてもすばらしい景色の数々。マウナケアの山頂には雪があり、その雪が夕陽でピンクに染まっていた。展望台が建ち並んでいるのも見えた。

5月8日

タヒチでやったドルフィンクエストをしょうこりもなくまたやる。

イルカってやっぱりいいなあ。遊んでくれるし。でも犬と同じくらい食べ物めあて……。くれくれとばかり言っている。そしてさんざん働いて夜はおしゃべりしている。おもしろい生き物だなあ。

そのあと泳いでいたらいきなりウミガメが海から出てきたので、「亀《かめ》だ～!!!」と言いながらあわてて泳いでいき、出会ったので甲羅につかまっていっしょに泳ぎ、和やかに記念撮影をして別れた。私は和んでいたのにみんなに「あれはまるでレイプのようだった、ぎらぎらしていて」と言われた。おかしいなあ。

夜は買い物に行って、そのあと狂ったように鉄板焼きを食べる。

5月9日

雨男なっつのおかげで火口付近はしっかりと雨。

どんとさんの亡《な》くなったホテルを見かけたので心の中で冥福《めいふく》を祈る。

そしてキラウェアの火口はすばらしかった。苦労して見に行く価値大あり。もはや地上の景色とは思えないくらいの壮大さだった。ジンをささげて写真を撮る。

ヒロチンコはさすがここ一ヶ月ロスにいただけのことはあり、左ハンドルに慣れていてびっくりした。地図もしっかり見ているし、なんか、大人になったっていう感じが。

夕方になったらやっと少し晴れてきた。やっぱり東側は雨が多い、伊豆《いず》と同じ感じ。

ヒロというなんとなくさびれた街に行って、さびれた公園で、なんとなくさびれた気持ちでおいしい和食。

あのさびれた街に暮らすってどういう気持ちなんだろう?

マーちゃん、ひとりでハワイ島を一周運転するという偉業をなしとげる。十時間近い運転だ。すごいなあ。彼の底力を見たね、とみんなで話し合う。それにしてもきつかった。スピードもすごいし、左ハンドル。緊張しての十時間だ。でもマーちゃんは「途中で寝て、夢までみちゃった」と恐ろしい発言をし、ホテルに帰ってきてからもどんどん元気になっていき、天ぷらや春巻きをがんがん食べてビールやワインをがんがん飲んでげらげら笑っていた。すごい……。やっぱり日本一の編集者と言われるだけのことはある。

母「このつらさに比べたらたいていのことには耐えられるくらい長かった」

これじゃ、親孝行、だめなんじゃ？

5月10日

エレベーターの近くのガラスの向こうにリクガメがいて、毎日見に行くのが幸せ。水もあり、鴨《かも》もいるし、散歩もひなたぼっこもしほうだいでしかも寒くないなんて、ほんとうに幸せそうな環境だ。顔も動きもゆったりしているのがわかる。粗悪な環境にいる動物は一目でわかる。目に表情がなく体につやがなくなるからだ。

夕方またも八匹くらいのウミガメがひたすら海藻を食べているのを幸せに見つめた。いいなあ、カメって。ゆったりしていて。そしてちょっとプールで泳ぐ。アメリカ人たちのプール遊びははんぱじゃない。いつ命を落としてもおかしくはないくらいのはしゃぎかただ。

夜は謎《なぞ》のダンスショーとビュッフェ。

タヒチアンありサモアの踊りありだが、フラはちょっとだけだった。そういうものなのかもしれない。

部屋に戻ってマーちゃんのすばらしいギター演奏を聴く。まるでアルゼンチンにいるようなすばらしいひとときだった。マーちゃんって……すごいなあ。

5月11日

空港でヒロチンコと涙の別れ。

それにしてもさすがアメリカの国内便はチェックがきびしくて、鞄《かばん》のすみずみまで調べられていた。誰も彼もがだ。ヒロチンコはパソコンや電動歯ブラシをじっくりと見られている。

ＪＡＬはそうでもないかと思いきや、抽選で？　五人にひとりくらいがばっちりと調べられていた。

ハワイ島の空港は田舎の空港って感じだが、ホノルルはなんだか大都会でくらくらした。そしてものすごい数の日本人がいた。ものすごいかつらの人もいた。なっつが「まほちゃんもうとても黙っていられない、僕の前にすわっている人の頭を見て」と耳打ちしてきたのでさりげなく見たら、ほんとうにかつて見たことのないほどのかつらぶりのおじさんがいた。

薄い毛の上に、ちょこんと丸い毛玉が円盤状に止めてある。あれなら、もう、しないほうがいいのではないだろうか。どうでもいいけれど。

マーちゃん飛行機の中で激白。

「ヒロチンコが好き。なんだかいっしょにいるときゅーんとして、ほっとして、抱きしめたくなるの〜」

私はどうしたらいいのだろう……。元婚約者と現夫がつきあいだした場合は。

5月13日

リフレクソロジーに行く。

「腰と肩と目と肝臓と自律神経とリンパと腎臓と膀胱《ぼうこう》に疲れが出てます」と言われた。もうほとんどこわれたクラリネット状態だ。

ヒロチンコが無事帰ってきたので、スーパーに買い物に行く。

そして気づいた。私はこのところずっとらでぃっしゅぼーやの肉だの野菜だのを購入していて、それは単に買い物に行くひまがなかったのだが、肉類をスーパーで自分用に買ったのはすごく久しぶりだった。調理したら、ものすごい違いがある。鶏の皮の部分が全然違う。ぶよぶよで、くさいのだ。ショック。私は自然食にのめりこんで人の家でもスーパーで買ったものを食べずにいる人を心から軽蔑《けいべつ》していたが、いつのまにかなんとはなしに自分も（人の家ではなんでも食べるけれど）。そして日本の食って！

すすんでいくERをじっくりと観《み》て寝る。

5月14日

小沢健二君から電話がかかってきて驚く。三年ぶりくらいだろうか？　あいかわらずいばっていてかわいらしい。あんなに実力が実際にあるのにあんなにからっといばっている人って他にいるだろうか。他には花輪くんしか知らない。いい人なところも花輪くん。貴重だ……。あんぐりと口を開けたまま、愛をこめて電話を切った。

フラ。

一週休んだことによりものすごい進展が生じていて、先生に何回も苦笑される。そして居酒屋で晩ご飯を食べていたら、ものすごい陽気な団体がいて、大声で話さないと話ができなかった。のどが痛くなるほど発声してしまった。

5月15日

卓球のあとついつい目黒まで歩いてしまう。すご〜く遠かった。

でも目黒にまでアトレができていてびっくり！知らない間に街が変わっている。昨日もカメラのドイがなくなっていてびっくりした。

旅は動物のことを整え、お金をためてまめに行くとしても、やっぱり今住んでいる街がいい街であってほしい。そういう気持ちで生きていこうと思う。

ゲッツ板谷の新刊はすばらしい。おととい時差ぼけなのに一気に読んでしまった。ご本人はご自分がライターなのに自信を持っていない様子だが、続けて欲しい……。だってあのジャンルは、もう彼しか書けない。そうか、けんかに弱くなってくるとこういう人はこういう気持ちになるのか、としみじみとした。

5月16日

かったほどだ。

「アザーズ」観《み》る前にもうおちがわかっている気がしてならなかった。そしてはじめの五分でそれが当たっていることがわかった。そのショックでもう映画に入り込めなかったほどだ。

ラウンジ糟谷で寒いのにビール、そしておやじたちとカラオケスナックという最強のセット、懐《なつ》かしい感じの一日。昔を思い出すなあ……。おやじパワー炸裂《さくれつ》。

そしておやじの美人秘書はあまりにも歌がうまかった。ふたりで渡辺真知子の「ブルー」は名曲だったよね、と年齢を感じさせるしみじみした会話をする。

私「神門さん歌うまいね～！　CD出せるくらいなんじゃ」

糟谷「いや、世の中そんなに甘くないっすよ」

音楽界が長いだけのことはあり、ずっしりと重いプロの一言だ。

糟谷「でも島根出身にしてはうまいと思う」

あれ～？

5月17日

野ばらちゃんの「エミリー」を読む。これは、すばらしい。涙なくしては読めなかった。ちゃんと書きたいこと、書くべきことがあり、その考えは長年受けてきた差別ですっかり不動のものになっていて、根気があって、文がうまくて、頭がいい。小説を書く仲間のなかに野ばらちゃんがいて嬉《うれ》しい。

しーちゃんと三茶で寒い寒いといいながら会う。

そしておまわりさんが刺されたすてきな商店街へ行って、かわいいビストロでお昼を食べる。なんだか最近この商店街はすてきな店が次々できているみたい。早くトミーも越してくればいいのに……。

そして世田谷《せたがや》線の駅の前にできただめな感じのカフェに行き、やっぱりだめだったなあと思いながら出る。金魚も酸素が足りず死にかけていた。あの、ぶくぶく泡が出る奴《やつ》がないと、金魚は無理だと思う。よほど盗んでつりぼりに離してやろうかと思ったがレジ前なので断念。飼う気がないなら飾らなきゃいいのに、チヤカティカの金魚なんて生き生きしているよ、同じ設定で。

それから三茶の文教堂書店に私の新刊が一冊もないのがくやしい！　と言ったらしーちゃんがわざわざ店の人に「吉本ばななさんの新刊ありますか？」と聴いてくれてた。いい人だ……。

この店は前にも「ハチ公の最後の恋人」をペット書に並べていたナイスな店だ。

三茶の人達、ぜひくりかえしたずねてみてください。しーちゃんのように……。健ちゃんもね！　毎日ね。いつか私の棚ができるまで！　松陰神社の木屋でゾペティさんの本が「地元の人です！」と大々的に？　売られているように……。

ああ、なんか三茶の話題でいっぱいになってしまった。

そして髪の毛を切りに行く。

パーマが超かかりにくく、三時間半もかかった。最後には店の人達と「お互いがんばりましたね！」と喜び合う。

その間ずっと龍《りゅう》先生の小説を読んでいたので、なんだかサッカーをした後の気分がした。

「またサッカーの小説なんて書いて！　面白いわけないじゃん、私サッカーがわからないんだから！」なんて思っていたのに、すごくひきこまれた。ものすごい文章の力だ！　海外に行った気にもなれた。でも……あのおちは……。なんだかかわいかった。

モデルではないと言われてもついみんな中田さんのことだと思って読んでしまうだろう……なんだか中田さんのことが少し好きになってしまった。

5月25日

薪能《たきぎ》へ。ものすごい出し物だったので驚く。いっぺんに女の人が五人も踊るなんて初めて見た。歌舞伎《かぶき》のようだとさえ。

帰りは母のおごりでステーキだ。

いつも思う。鉄板焼き系のシェフはどうしてあんなにもせちがらいのだろうか。よほどの上下関係に耐えて今の位置にいるに違いない。

5月26日

ダニさんとお茶。

奥様に初めてお会いするが、すてきな二人だった。

なんとなくエネルギーをもらった感じ。あの笑顔を見るだけで。平和のために自信を持っていい仕事をし続けた人だけの笑顔だ。

新宿に行って指輪の修理されてきたのを受け取り「スパイダーマン」を観《み》る。もともとはらわた時代からサム・ライミを高く評価している私としては、満点のできだったと言えるいい映画だった。

あの脚本、監督はまじでああ書いてもらっていると思う。

笑い、泣き、すっきりしてアクションも楽しい。映像もとてもいい。

主役のトビーくんは秀逸だった。あのピュアな感じは彼でなくては出せないだろう。

ヒロインの「ヴァージン・スーサイド」(複数形だっけ?)に出ていたお嬢さんも、あのものおじしなさとかたくましさにすごい説得力、あの体つきなら、高いところから落ちながらものにつかまれるだろうし、さっきまで暴漢に襲われていたのに、すぐ立ち直り助けられたさかさのクモにキスもするだろう。それからウィレム・デフォーはもう他にいないほどのおかしさだった。

ああ、いい映画だった。

驚くほどの量の餃子《ギョウザ》を食べて、帰宅。

5月27日

横山さんに毛を切ってもらい、すごいお茶を飲ませてもらう。

中国宮廷減肥茶。ものすごい下痢をした。これはやせるだろう。デジタルに下痢が止まるのもすごい。中国ははかりしれない。

夜は健ちゃんと寿司《すし》。おいしいし、職人さんがまじめでさっぱりした感じで、とても気分がよかった。寿司職人のすてきな人特有のあのひかえめさって、芸術的だと思う。健ちゃんはくわしいジャンルに関してはほとんど天才的な冴《さ》えがある。いい話をたくさん聞き、ためになった。

私は彼が特別好きなので、いろいろな人に数多い誤解をされてきた。きっと本人もかなり後まで私をきちがい女だと思っていただろう。しかしどう誤解されても私は彼に会うのをやめなかった。その好きは、植物が好きとか犬が好きとかハワイが好きとかそういう好きなのだ。

確かに彼は文芸の人ではないし、すごいむらっ気で人の話は聞いても七十パーセントは忘れるし、お調子者だし業界くさい。しかしたとえば、
私「イルカはいつも遊び半分で夜中までおしゃべりしていてそれは悪口のようだけど楽しそうだった、怒るっていうのはないみたい、意地悪い心はあるようだけど」

健「それっていかにも人類がこの先すすみそうな道ですね」

このやりとりひとつをたいていはできないこの世界の中で、彼の心の美しさとNHKのドキュメンタリーでつちかわれた膨大な知識と卓越したセンスは私にとってヒ

ントでいっぱいなのだ。このタッグで鈴やん（鈴やんのいない人生を思うとぞっとする）や奈良くんとも知り合い、たくさんの友達も増えた。縁とはそういうものだ。

おかげで「ひな菊の人生」ができた。噂《うわさ》にした奴《やつ》、噂を広めた奴、「彼に本を捧《ささ》げるなんて身内のことを書くな」とかはがきに書いてきた噂を信じる奴、そういうばかな奴らとは関係ない、高いものがこの世にはあると私は思っている。いい本を作り続けていい味を出していくしかない。

と熱く語っているのは坂本さんのことを書いたくだらない記事を立ち読みしたからだ。いいじゃないか、音楽がよければ！　もてるくらい！

いろいろな酒を飲んで帰る。

夕方待ち合わせていたら、近所の焼き肉屋さんのすてきな一家とたまたま会った。すごい偶然！

「今日は他の人も合流するから、さそってあげられなくてごめんね、今度いっしょに食べに行こう！」

っておじさんにさわやかに言われた。それよりも、私たちは、おじさんの顔を見たら猛烈に焼き肉が食べたくなりました。

5月28日

それで本当にフラの帰りに焼き肉を食べに行った。

「食べたくなってくれてよかった!」とおじさんに喜ばれた。

そして慶子さんと楽しく過ごした。いっしょに踊りを踊ることってすばらしい。慶子さんの踊りを見ていると胸が切なくなってきて、慶子さんのよさがしみてくる。

私は……盆踊りを踊っているので人をそういう気持ちにさせないのが惜しいところだ。

慶子「タマちゃん……なんだか、やっぱりちょっとブスに……」

うちの猫、はじめは美雨ちゃんに似ていてかわいかったのに、食べて食べて育ってなんだか「富江」という漫画を描いている伊藤さんの絵にそっくりになってきた。

5月29日

自分が狭い人間だな〜と思うのはこんな時である。

某地名ガーデンに行きました。外苑西《がいえん》どおり沿いです。飲茶《ヤムチャ》四千円食べ放題でした。その値段を聞けばいくら食べ放題でも、飲み放題もかねているのではない限り、ある程度の味のレベルを想像するだろう。

しかし内容は八百円くらいだった。

レトルトの海老《えび》チリを温めて出しているし、いためものになんとカップヌードルに入っている小さな乾燥した海老が入っている。だしとしてではなく海老としてだ。ほとんどすべて冷凍とレトルトだ。中華麵《めん》はいかにもその場でゆでているようだがあたためただけで、昔にゆでてあるのでゴムよりも固かった。ものすごくふやけていて皮が溶けた肉まんは、コンビニでも売らずに取り替えるくらいの時間が経過しているだろう。解凍のしかたが下手だったのかもね。サラダバーのいんげんまで冷凍だ。もし「冷凍ではない」と抗議が来たら私はこう言う。だとしたら冷凍以下だ！

「チャーハンにあんかけはかけますか？」

というすごい日本語も許そう。舌がしびれるほどの化学調味料は許そう。値段が許せない。

四千円あったら、TeTeSでカレーが食べられたし、和魂洋菜でとろかつが食べられた。たかで刺身くらいは食べられただろう。こういうときほど腹のたつことってないね。

5月30日

タマちゃん白血病の注射。

こわいくらいさわぐので、かわいそうになった。

なっつが優しく「タマちゃ〜ん」と呼びかけていた。

私「足のこんなところに爪《つめ》があるんですが」

先生「スコティッシュはかたわが多いんだよ、しっぽも太いしな」

そんな、ひとことで！　タマちゃ〜ん!!!

先生は大ざっぱな感じだが（なんと言っても私に『あの人とあなた同業でしょ！小池一夫《かずお》さん！』と言っていたくらいに）、新しい猫を見た瞬間、嬉《うれ》しそうになって「かわいいな！」と言う。毎回言う。

前の病院の先生も腕がよかったが、新しく何かを飼って連れて行くと軽々しい奴《やつ》だと言わんばかりにきびしい態度で「ほら、子犬はかわいく見えても耳ダニがいるでしょ！」とか言うのでげんなりしたことがある。思わず笑ってしまう、そういう簡単なことって案外大切な気がする。それだけでもだめだけれど。

なっつと大原くんの卒業祝いにフレンチを食べに行く。

おいしかった。最後になっつが選んだチーズがすごかった。

なっつ「最期《さいご》をむかえたザリガニの匂《にお》いがする」

本当にそうだった。なっつは大原くんに「頼むからかいでみて!」と言っていた。

それを見て、友達っていいなあ、と思った。

大原くんはやさしくかいで苦しそうにしていた。

それは……このわたの古い奴のようであり、塩辛のようであり、チャンジャのようであり。

ヒロチンコ「思いだした! 中学校の時、ピラミッドパワーがはやって、中に牛乳を入れておいたらそういう匂いになった! そっくりだ! それをスプーンですくって口に入れたらその匂いだった! ああ、思い出せてよかった」

食うな〜!

ヒロチンコ「しかも親父《おやじ》にも食べさせた」

もうヒロチンコの実家に行くのはよそう、胃がついていけないかもしれない。

5月31日

「パニックルーム」を観《み》た。

なんじゃこりゃ？　という映画だった。

食べられないものを前にしたときのうちの猫ビーちゃんくらいに首をかしげて、映画館を後にした。

6月1日

澤くんと昌平くんといとうちゃんとお昼を食べる。

関西に行けなくなったぶん、関西が来てくれたとしか思えない。

昌平くんは初対面と思えないくらいに落ち着きのある（っていうか、ただ単に浮世から遠いというか）噂《うわさ》通りのすばらしい人だった。目の前のものを食べたくなって、食べちゃって、眠くなっちゃうなんてすばらしいことだ。

それでも発散しているものが人と全然違う。めったにいない変わったエネルギーの持ち主だった。澤くんもそうだ。ダイナミック。この人達がいっぺんに家にいたらさぞかし親御さんはたいへんだったでしょう。みんな語学に堪能《たんのう》なのもすごくうなずける。
夜は結子と陽気に飲みに行き、美しき「しんがき三きょうだい」をじっくりと眺めながら、若者たちとしゃべる。
私「スパイダーマン泣いたよ〜」
若者「あれって、そういう映画だったっすか？」

6月3日

そして今度は来日中のＰｏｃｋｏのメンバーのみなさんと共にまたもや澤くんとお茶。英会話バージョンだ。

ヨーロッパの人は本当に話しやすい。しゃべれもしないのに話しやすいのは前提をはぶいて作品でもうあるていど理解してくれるからだろうと思う。

彼らのすばらしい本をたくさんもらう。

楽しそうに働いていてすごくいいと思った。楽しい企画しか本にしなくて、最小限の人数で、頭の回転をよくして、実現させる。これは前にベネトンのトスカーニチームにも同じものを感じた。

つまり、それは実現可能だということだ。

くだらない打ち合わせや体裁やそれぞれの思惑などにとらわれず意図を持って本を作ること。そういうチームを作っていくのが今後の課題だ……。

うちの猫タマスちゃんがどのくらい奇形なのか知りたくなって、ペットショップに行ってても足が見えない。どうしても知りたいのでねこたまに行ってみる。フェレットはたまいたちか……。

いぬたまねこたまについてのコメントはとてもではないが複雑すぎて言葉にできない。ただただ猫さわれるゾーンでスコティッシュを探し回り、なんとかして足の裏を見せてもらったが、やはりたまちゃんにあるものがない。ううむ。他にもいろいろ変わった点があったけれど、機能的なものではなさそうなので一安心。

同じ種類の猫を飼うかんぞうちゃんのコメントによると、蛇口から水を飲むらしい。それはまだやらないなあ。

にしてもお金を払って「犬を連れて一周」「猫をなでる」などうちでいやというほどできることをするのはとっても新鮮だった。

うちも客が来たら金をとるか……。

6月4日

フラは、さすがに日本語の曲なのでみんなうまくなっていてあせる、あせるけどおぼえられない。

帰りにモモタさんのロッカーが開かなくなり、全員で知恵を合わせてドアをこわしてはずしたが、中に別の人の荷物が入っていた。鍵《かぎ》がそもそも間違っていたのだった。

一同「開いた！」

モモタさん「これあたしの荷物じゃな〜い」

その様子全体がすごくおかしくて、外でレッスンをしていなければ、大爆笑していただろう。

6月5日

文藝春秋の人々と卓球大会。

平尾さんのうまさに驚く。回転をかる〜くかけてくるあたりなんて、プロっぽい。

ヒロチンコと熱く戦っているのを他の低レベルの人達と口を開けながら見る。

そして卓球会館では今日も卓球に真剣な人々が高レベルの練習をしていた。なんだかすごいなあと人ごとのように見ていた。卓球会館のオーナーが突然流しのおばちゃんにレッスンをつけはじめたのもすごかった。私には決してわからない専門的な足の踏み込みだとかラケットの角度とかについてレクチャーしている。

やっぱり軽々しい気持ちであの場所へは行けない。

思う存分焼き肉を食べて、楽しく別れる。

スポーツは嫌いだが好きな人達とすると楽しい。

6月6日

犬たちを連れて病院へ。

国立のあたりは光がきれいで緑も多い。犬にはさまれながらもすっかりドライブ気分だった。なっつありがとう。

先生にラブちゃんは歳《とし》のわりに落ち着きがなくやきもち焼きだとまたもや言われた。

飼い主???

体の調子が悪いので、己を励まそうともっと体の調子の悪そうなブコウスキーの本を読んだがそれは失敗だった。読んだだけで二日酔いの気分がしてきた。

6月7日

サンディー先生と対談。

いっしょに撮影とかしちゃって、高校生の自分に見せてやりたいね。きっと「じゃあ生きていてもいいかも」と思うかも。

歌や踊りだけではなく、お話ししていても本当に先生は美しく強い。そして、とても孤独な感じがした。この世にあれほど美しく強く存在するということは孤独であるということだろう。

でもそれはすじの通った、哲学のある孤独だと思った。

先生の歌声を聴いているといつも見えてくる風景があったが、その理由もよくわかった。心象風景は敏感な人には伝わるんだなあ。私もそういう表現をしていきたい。

あとは、踊りももうちょっとうまくなりたい。せっかくだから。体と心が調和して動くとき、そこには異様に長い時間、広い空間が生まれる。そういうことに無頓着《むとんちゃく》すぎた。

帰りにちらりと見ると、アダンの人達がすごくおいしそうなまかないを食べていた。

そして慶子さんとふたりで、八百屋ですいかを買って帰った。あまりにも暑かったので、すいか、すいかという気持ちになったのだった。

ハワイの赤い塩をかけて食べたら、えらくおいしかった。

6月8日
柏《かしわ》にロミロミを受けに行く。

ハワイのインチキロミロミがくやしかったから。

すご〜く遠い。それでも行ってよかったと思うくらいていねいで、感じがよかった。こりがほぐれた感じで活力が湧《わ》いてきた。しかし遠かった……。

柏って小学生の時に遠足でよく行ったけど、その時はすごく田舎だったのにいつのまにか大都会になっていた。

6月9日

ジョナサンのライブに行く。

川崎……遠い。いつのまにかチッタの位置がずれていてびっくらした。ずらせるものなのか？

鈴やんの粋《いき》なはからいにより、二階席で見ることができた。

ジョナサンとは一回ごはんを食べた仲。昔の彼女も知っています、悲しい恋愛だったなあ……。

ライブは、よくわからないというか詳しくないジャンルだったが、実にすばらしかった。ジョン・スペンサーのブルースがエクスプロージョンしていた。すごく楽しかった。自分で興奮してマイクスタンドを投げちゃったのを忘れていて「あ、ない」と気づいて、マイクを口にくわえて歌ったものの、もうひとつスタンドがあったことに気づいて、コードをぎりぎりにのばしてそこまで行って歌ってみたり、いろいろお茶目な一面がのぞいていた。そういう人だった、そういえば。

サッカーを見てないのに、街の様子で日本が勝ったことがよくわかった。

6月10日

マンジャペーシェの便所で検査薬に尿をかけたら妊娠発覚。

おかしいな〜、いつのまに？

今までのこの後ろ暗い人生、何回あれに尿をかけたことか……、いつでもマイナスが浮かび上がってきて「ほらな」と思っていたので、はじめてプラスが出て「これって本当にあてになるんだ」とまず感心してしまった。

産まれたらこのレストランに子供をつれてこなくてはなるまい。

ヒロチンコよりも先にマーちゃんとなっつに「子供ができた〜」と言いに行く。いきなりお父さん調になるマーちゃん。あなたの子じゃないです……。でもこのふたり、子供作ったときにとなりの部屋にいたという気が！

しかももう一方の隣の部屋には母と姉がいた気が……、なんで夫婦ふたりぐらししているのにそんな田舎の嫁みたいな設定でわざわざつくる？

そうですよ、生理中だからって安心して生でやるとこうやってうっかりできてしまうんですよ……。

6月11日

病院に行く。ヒロチンコなんてまだ全然信じていない。「吉本さんのご主人さ〜ん」と呼び出されて写真を見せられ初めて信じていた。男って……。

しかも夜明けに「気もち悪い〜」とか言って吐いていた。なんであなたが？

ヒロチンコと共にいろいろ説明を聞く。同じ病院だからって、桜沢エリカ先生と面識もないのに、近所の出身だったり、やりとりしたことがあったり、山ほど共通の知人がいたり、同じ亀《かめ》を飼って同じ理由で手放したりしたことですっかりダチ気分で「桜沢さんに相談してみます」なんて言ってしまった。そしてつじつまを合わせるように連絡をとる。今度会えることになった。楽しみだなあ！

ミルコが車椅子《くるまいす》なのにいろいろ優しく間に入ってくれた。自分の具合が悪いときに人に親切にできるなんて本当にすばらしい人だと思った。

姉に電話したらものすごい勢いで逆算し始めた。そして次々と下品な言葉を浴びせかけた後に、「名前は亀太郎かハメ子だな」とか言い出した。はいはい。母が出てきたので「おばあちゃん」と呼んでみるが「計算するとヒロチンコの子じゃないじゃない、どうするの？」と思いっきり疑い、暗い声を出している。

計算を間違えている。本当に二人の娘を産んだのか？　昔すぎて忘れたのか？　いずれにしても最近弱っている母の寿命がこれで少しのびるといいと思う。

「フラをちょっとゆるめにやらせてください……」と教室で先生に言ったら、先生はとても喜んでくださり、チャントの時からもうにやにやして「みなさ〜ん、フラダンスをするとめでたいことがあったりしますよ」とか言っている、そして「ふふふ、次のチャントはわけあってばななちゃんに捧《ささ》げます〜」とか言っている……丸わかり。

でもフラ仲間のみなさんに喜んでもらえて、チャントをしてもらったのですごく嬉《うれ》しい。きっといろいろうまくいくだろう。さすがメイド・イン・ハワイのちびっ子だ。ハワイづいている。ランちゃんもいろいろ教えてくれた。文壇の二大子持ち巨匠（ランちゃんと銀色さん）にいろいろ聞けるのは嬉しい。エリカさんもいるし、ももちゃんもいるし、春菊さん（ちょっとあらゆる意味でけたが違うか）も……。頼もしい。

おそるおそる「真夏の果実」を踊った。

いつのまにか陽子ちゃん、すごくうまくなっていてびっくり、でも顔が真顔なのでフラではない何かすごい踊りのようだった。人の才能って、身近にいても気づかないものですね。

百田さんと食事をして占いについて語り合い、帰る。

フラで遅れをとらない妊婦生活をしよう……。

6月12日

しーちゃんがたくさんのマンゴーを持ってきてくれた。嬉《うれ》しい。マンゴー三昧《ざんまい》の日々が送れる。

下高井戸まで電車に乗って寿司《すし》を食べに行く。ヒロチンコのおごり。

それからしーちゃんとフラダンス教室を見てちょっと踊ってみた。全然できない、本当に半年以上やってるのかしら？　と自分が心配になった。

夏にそなえてゆるい服を買いに行き、焼き鳥をたくさん食べる。なんで焼き鳥ってあんなにもおいしいんだろう……。しかもたれじゃないやつが。

6月13日

アレちゃんと対談。イタリアのことなど語り合う。久しぶりという気がしない、いつもかっこいいアレちゃんだった。

たまたまなっつのお父さんの職場だったので、探しに行ってみるが、いない。なっつの母は「会社に行くと家を出た」とか言っている。もしや、公園で日がな一日鳩《はと》にえさを？　大変なことをしてしまった！　と思ったら、重役出勤でやってきたので会えた。よかった。

なっつのパパには子供の時、野球や映画や遊園地などにさんざん連れて行ってもらった関係。すごく迷惑もかけたけど、すごく感謝している。それになっつができたときもまさに私と友達はさんざん遊んでもらっていた。やはり告げなくてはなるまい、とトイレに行きがてら、もう一回会いに行った。

若いお嬢さんたちが同じ部屋で働いているのに「ちょっと廊下へ……」と呼び出す謎《なぞ》の女、私。そしてふたりきりになり小声で「妊娠したんです……」

「ええ？　本当？」と驚くなっつのパパ。

まるでドラマで見る不倫そのもののシーンだった。

今頃会社で「あの人おとなしい顔して、愛人をはらませてた」と噂《うわさ》になっているだろう。本当に鳩にえさの人にならないよう、心から祈っています……。

6月14日

このところXファイルとERばっかり見ている、それぞれを週に二回ずつ！……胎教に悪そう、とアレちゃんに言ったら、次々にERの先を教えてくれた。韓国では最新のシリーズをやっているらしい。くそ〜。

「なるほどの対話」でお世話になった三浦さんに、かっこいい写真を撮ってもらった。私とアレちゃんの、いろんなツーショット。

いつもいい味を出している小湊さんにも会えたし、満足……。

そして高校時代の友達の友達にも会えた。いろいろな人の消息がわかり、なんだかほっとした。

サッカーに詳しいナカジマさんを含め、みんなで廊下のようなところでごろごろしながらサッカーを見て楽しみ、そのあとカルミネさんの蔵の方の店で打ち上げ夕食。すごいボリュームだったが、おいしかったし店の人達が、若いのにとても感じがよかった。

アレちゃんは会う度にぐっと大人になって余裕が出ている。こんなにひしひしと伝わってくるほど、目に見えるほど成長していく人も珍しい。

6月15日

占いへ。

いろいろ今後のことなど聞く。子供がらみだと聞く耳もふだんの百倍真剣。彼女の読みではどうも男だと……。いやだなあすぐに「くそばばあ！」とか言うようになって、女をはらませたりして……。

とにかく仕事はセーブしようと思った。だってどうせいつかはどこかに行ってしまうのが子供というものだから、いられるうちはまあまあでもできるかぎりいっしょにいたいと思う。

でもまだ豆サイズなので、よくはわからない。

結子とりゅうちゃんの店へ。

りゅうちゃん、本当の親のように優しいので感動する。「動物には気をつけなくちゃだめよ！　人間と動物は違うのよ！」「軽々しく旅行に行っちゃだめよ！」「二歳までは仕事もだめよ」などなど……。

そこへやってきた高橋恭司先輩とミカちゃん、相変わらず涼しく美しいふたりで、見ているだけで気持が明るくなる。ミカちゃんの顔って、なんだか知っている顔だ。絶対に昔から知っている人の顔なんだけれど……前世かな？ 歳《とし》も近いから、なんとなくミカちゃんのことがよくわかる気がしてしまう。でも本当に美しい人のことはみんなが「懐《なつ》かしい」と思うものなのかもしれない。先輩の写真の中のミカちゃんを見て、みんなそう思っただろうと思う。

二人と話し込んでいて、猿を飼うのは大変だということと、先輩がほんと～うに熊《くま》が好きなんだ、ということがよくわかった。クマ牧場に二回も行く人初めて見た。そして素人《しろうと》で実際に熊に触った人っていうのも。彼は熊に夢中。熊の写真集を出すと言われても、納得してしまうかも。

そしていつもたまたま、私がヒロチンコ以外の男の人と歩いていると道でばったり会ってしまうミカちゃん。「あ、彼がその？」「今度こそそう？」と聞かれる度に「違う～！」と答え続けていた私。今こそ本物のヒロチンコを見せることができたので、本当によかった。でないといつまでもミカちゃんの頭の中には私ウィズ竹内くんとか鈴やんの画像が残っていたことだろう。

6月17日

いろいろな本を買ってきていろいろ調べる。

しかし、この言い方、すごくいけない言い方だと言うのはわかっているが、本を作るものとしてなんとはなしに思う。妊娠と介護と死は誰にでも訪れることだ。基本的に。そして本人とその周囲には一大事だし、そうでなくてはいけないと思うが、どこかにいつでも「みんなに訪れることだ」という視点を持っていないとだめだと思う。あまりにもくだらない妊娠本が多すぎる。あまりにもくだらないガンの本が多いのと同じだ。それは役にたたないどころか同じ道を歩んでくる人にとって、有害でさえある。

桜沢先生の本は、同じような生活環境にある人にとって自宅出産を考える上でたいへん参考になるし、それとは別に春菊先生の赤裸々に真実から目をそらさない姿勢もすごく役だつ。こうなってつわりの中で春菊先生の「私たちは繁殖している」を読んだら、これまではなんでもなかったのになんだかあまりに真実すぎて、具合が悪くなった。これってすごいことだと思う。昔の私小説なみの強い力を持っているということだ。また、ももちゃんのクールさもすごく面白い。やはり最後は人それぞれだ。

6月18日

税理士さんのところに貧乏対策などを聞きに行く。

不況の波をもちろん私もこうむっている。でもそういう時期ってあるだろう。どんな人にも、どんな業種でも。ここでさもしくなったり不安に思ったりすることは人生を投げて、自分からつまらないものにしていくということだ。

だいたいにおいて、いろんなことが楽しいし。

私には本当に尊敬している友達がいるが、いつでもその子は「自分が意外な場面に立たされてどうふるまうかを見たいから生きている」と言う。そのスピリットはすばらしいと思う。でないと、人生ってなんのためにあるのだかよくわからない。

それにしても、なっつが心を新たに働き出すと、いつも大雨が降る。キラウェアも大雨だった。干ばつの国に、一度ぜひ行ってもらいたい。

日本中がサッカー、サッカーの一日だった。

鞄《かばん》を買いに行き、店のかなこさんと森くんのうわさ話をしていたら、なんと森くんから電話がかかってきた。すごい！　さすが森くんだ……と感心する。いつもかけてきているっていうならわかるけど、はじめて私の携帯に電話してきたのがその瞬間だっていうのがすごい。

何も食べる気にならないのでやせていくけど、ちょっといいかも、体重を今、減らしておいた方が。そしてスイカばっかり食べている。

6月19日

エリカさんとご主人に会う。

写真で見るよりも百倍くらいきれいな二人、漫画にそっくりな二人。美龍くんがいなかったのが残念……とにかく芸能人のような輝きだ。美しさに圧倒されてぼうっとしてしまった。が、自宅出産についていろいろ聞く。とてもありがたかった。いろいろなことを優しく教えてくれた。

それにしてもミルコが心配だ。階段から落ちて大けがをして、今は松葉杖《づえ》と車椅子《くるまいす》を駆使して通勤している。出ているところの足が紫色に腫《は》れているのもかわいそうだった。

体が動かなくなる苦痛は本人にしか、絶対わからない。父の時もどうにもできなくて、まわりももどかしかった。でも、人間は必ず、今の境遇に慣れていく強さを持っている。がんばってほしい、そして早く回復しますように。

6月20日

陽子と次郎と温泉へ。

次郎を待っていたが、小田原で名物のあんパンを買ってからお昼まで食べているらしく、なかなか来ないので風呂《ふろ》に向かってしまう。

部屋に戻るとすっかり湯に入った後の次郎が、百年前からいるかのように部屋にとけこんでいた。そして「このあいだTVで見たけど、ついてすぐ温泉に入ると翌朝まで疲れはとれないそうだ、一時間部屋でゆっくりしてから入れば、疲れがとれる」などと言いだした。

前も「からすみはどうして高いの？」と聞いたら、答えてくれたばかりか後になって「ぼらは沖でしか産卵しないが特定の場所では沖でなくても産卵する、だからこそ貴重で高いそうだ」と教えてくれた。クイズ$ミリオネアに出るときは、彼に電話することにしよう。

「で、次郎は一時間休んだの？　私たちはあんたを待ってたから休んだけど」と言ってみたら、「いや、すぐ入った。湯河原に来るくらいは疲れとは言えないから」とのこと。知識が、全然生かされていないことも発覚。

ごはんもあんパンもたくさん食べて、ごろごろして、風呂に入ってしゃべって、極楽。つわりも失《う》せた。

6月21日

帰りにランちゃんの家に寄って、ヨーグルトの種をもらい、おいしいそばを食べに行く。ランちゃんの暮らしを見た！　すてきな感じだった。家は家族の住む家、そして生活があった。リクガメもいた。

次郎君にランちゃんが「次郎さんは何をしているんですか？」とたずねたら、「シナリオライターですが、いやあ、まだかけだしでして」と全然かけだしらしくない、でかく、堂々として、風格のある感じで言ったので、一同げらげら笑う。

それにしても神楽坂《かぐらざか》の喫茶店のおじさんがそのそば屋にいたのには驚いた。遠いよ！

去年の今頃、真鶴《まなづる》海岸で泳いだとき、もうランちゃんはそこにいたのに、まだ知り合っていなかったことを思うと感無量だ。

それにしても人気作家ランちゃんを襲うねたみや嫉妬《しっと》の嵐《あらし》にはびっくりする。もちろん彼女だって人間だから完璧《かんぺき》ではないだろう。この業界に入ってこれまでの人生で通じていた常識は一切消え去ってびっくりするのもはじめの数年は仕方ないだろう(あ、なんか先輩っぽい私)。これまでの人生経験が多いほど、そのびっくりは多くなる。あまりにもすごいことを言ってくる人が多いからだ。

それは私も経験した道だ。今も辛酸をなめ続けていると言ってもいい。売れると言ったって、作家の売れるなんかたかが知れている。芸能人や実業家と比べたら、笑ってしまうほどだ。でも名が売れると共に、それらはいっしょくたになって、ねたみと依存の嵐が襲ってくる。感じのいい人ほど要注意だ。日本に顕著なこの感じ。そしてよほど注意深く自分を見ていないと、本人がゆがんでしまう。

でもその中で数人のすばらしい人達と出会うことができる。そして自分を恥じ入るほどに、そのすばらしさにうちのめされる。それだけが宝だ。極限状況でないと見逃してしまうような、本当のすばらしさ。

6月22日

マヤちゃんの魔法の一言「この世のゴールデンをみんな集めても、ラブ子がいちばんかわいい。この世のかわいい女の子全部よりラブ子が一番だよ」これでラブちゃんは三日ぐらい機嫌がよくなる。すごい奴《やつ》だ！

マヤちゃんにタマちゃんの奇形ぶり、そしてかわいさを見せて、いっしょにお昼を食べに行く。ポルシェに乗って……。

マヤちゃんの食べっぷりにびっくり。妊婦でなくてもついていけなかっただろう。はじめに「ハンバーグとチキンライス両方」と言っていたので、さすがに「多いよ、私のオムライス半分あげるから」と止めてしまった。

駒沢《こまざわ》公園のところのおしゃれすぎるカフェに行くが、いつでも店員さんの感じのよさに驚く。こんな感じの店でこんなに感じがいいわけないとまで思ってしまうほど感じがいい。

マヤちゃんが付け合わせのパンで独自につくったサンドイッチを見て、「お作りになったんですね」とほほえんでいた。

川内倫子《かわうちりんこ》さんはいいよねえ、という話をする。彼女は写真もすばらしく、なぜか女性陣に大人気だ。あの落ち着きがみんなをそう思わせるのだろう。私も一目で「いい感じだなあ」と思った。一種のいさぎよさがただよっていて、作風によく似ている。ちょっと憂鬱《ゆううつ》に転びそうなところで踏みとどまる、美への執着、その開放感というか。

マヤちゃんの家に行って、かんぞうちゃんに会い、そしてキュウちゃんを見せてもらう。タマと同じ種類なのに、なんていうか、全然違う。おっとり、ずっしり、のんきっていう感じ。底抜けに明るいところは同じ。

6月24日

合田ノブヨさんの個展に行く。経堂のすてきな一軒家。なつかしい感じだった。作品はすばらしい。あらかじめ頭の中にあの感じが根付いてないと、ああいうものは創《つく》れない。あっぱれ。そして全《すべ》ての絵があっという間に売り切れたので驚いた。お母さまにも初めてお会いする。やはりすてきだった……。

その後、平尾さんがものすごく飛ばして面白い話を次々炸裂《さくれつ》させる。でも、とてもここでは書けないほどの夫婦の裏話。もう奥様には決して会えない。恥ずかしくて。圧倒されるばなな事務所一同だった。なんであんなにえらいのに、面白いんだろう。

つわりはほぼピーク。意味もなく（意味はあるか……）二十四時間気持ち悪い。食欲なし。酒は一滴も飲めない。それって中学一年生以来のことで、とっても新鮮。

6月25日

英会話。子供が親を選ぶ話の新しいバージョンを聞いた。

「うちの娘は五歳くらいの時、『本当はもっと兄弟がたくさんいる楽しい家庭に産まれたかったけれど、ママを見てなんてかわいそうな女性だろう、行ってあげなくてはと思ったから来たの、だからおこづかいもっとちょうだい』なんて言ってたわ」

せ、せちがらい……。先生、その時本当に不幸だったんですか？　と聞き忘れた。というか、英語で聞く能力に欠けていた。

そのおじょうさんは、ものすごい美人に育っている。

「あれほどの美人を外に出すのはこわくないですか？」と聞いたら、

「外で彼女はものすごくこわくふるまっているから大丈夫みたい」と言っていた。なるほど……美人は大変だ。

6月26日

つわりながらも病院へ。

なんとそこの助産婦さん、姉の友達だった。せまい。

そしてこの二週間でちびっ子はなんと二頭身になり、心臓も動いていた。すご〜い、自分の中で人間育ってる。そして、人の体に間借りして気持ち悪くした上に、家賃も払わないとは！

まあ私もそうして産まれてきたので、許す。

一日気持ち悪く過ごす。そういえばコーヒーも飲めない。健康だなあ！

そしてとっても面白いことに、頭をかちわるような、内臓がはみ出るような映像を私はかなり得意なのだが、今は見たくない（アルジェント監督は別です）。

今だけでも健康な婦女子の生き様を学ぼうかなあ。ハリー・ポッターでも観《み》るか？

そこで（？）ボウイや宇多田ヒカルや綾戸《あやど》智絵《ちえ》やオアシスの新譜などを買う。

綾戸さんの「人間の証明のテーマ」しびれた‼

6月27日

野菜なら今は食べられる。銀色さんのおごりで野菜の会席。静か〜な店に、静か〜な音楽が流れていて、はじめはなんとなくひそひそ声だった私たちだった。でも、味はすごくおいしかった。久しぶりにまともにものを食べた。妊娠のことでも聞こうかと思ったのに、学校のことばかりつい聞いてしまった。なんでだろう? 将来への不安。あと玄米のことも、炊《た》き方とか、とても興味があるので。

6月28日

午後は好調でとしえさんの個展に行って、すてきな指輪を買ったりしていた。彼女の作品がどんどん明るくなっているのが嬉《うれ》しかった。が、ふと行ってみたリフレクソロジーの後、どっとゆるんだせいかあまりにも具合が悪くて寝込んだ。

頭が割れるように痛く、果てしなく気分が悪い。どうなることかと思う。しかしこの泣けてくるほどの気分の悪さが、なぜか、坂本龍一《りゅういち》と対談しているヨーコ・オノの一言でずばっと治る。彼女に関しては今までもこういうことは何回かあった。縁があるのだろうか。

こういうことあるから、自分も対談とかインタビューを受け続けようと思ってしまうのかも。まあ、私とヨーコさんでは格が違うけれど。でもいつかこういうことを誰かにできるかも。

坂本さんの言葉に対して、あくまできっぱりと、断定的にさえ思える形で答えていく彼女。真剣勝負の人だと思った。そして、私の反応したのはここだ。

「たとえば自分は病気で死にそうだから死なないようにお祈りするでしょう。そういうときは病気のことばっかり考えているわけですよ。健康な自分をイマジンしてるんじゃなくて、病気をイマジンしてることになるのね。だから病気は続いてしまう。戦争をイマジンするのじゃなくて、平和で皆が明るい顔で生きているところをイマジンしなくちゃいけないの。イマジンすることとビジュアルが同じじゃなくちゃいけないの」（ソトコト7月号より）

なんかそのスピリットが言葉と共にまっすぐに入ってきて、すっと具合の悪さが抜けた。これは、今の私が今しか受け取れない何かだったのだろう。

それとリフレクソロジーで毒素がどっと出ただるさがとれる瞬間にもぴったり来た。どんな時でも救いはあるものだ。

6月29日

日本中を襲っているワールドカップ熱。

私が、全員の中で一番ひきつけられた人、かなり本気。それは、ドイツのカーン。なっつ「全員の中で?」

慶子「へえ~……一番ですか」

リフレクソロジーの担当の鈴木さん「そうなんですか!」

結子「わからなくはないなあ、まほちゃんの好みを考えると」

ヒロチンコ「違和感はないなあ」

6月30日

でも、思った通り、ドイツが負けてしまった……。

ラテンのサッカーは命がけだなあ。

そしてウルルンを見たら、山本太郎がヨガで布を飲んだり塩水をぐいぐい飲んでカメラの前でげえげえ吐いていたので、ものすごくびっくりした。自分のつわり（快方に向かい中）がささいなことに思えた。

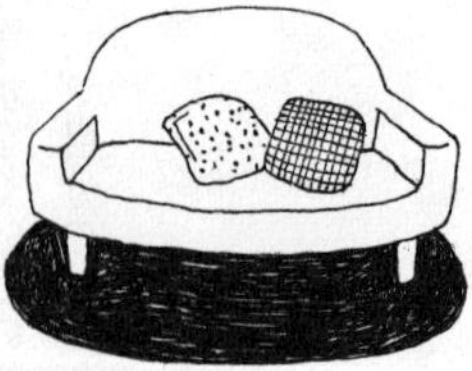

派？

でも相手がそんなにしてほしいのなら、私ならしてあげるけどなあ、って私が言ってたってのもだめ？

(2002.06.18－よしもとばなな)


こんにちは。日本VSトルコ戦を横目にメールを書いています。先日「虹《にじ》」を読みました。今の私の置かれている状況にリンクする部分があり、共感しながら一気に読み終わってしまいました。ある時手にした物から、今抱えている事に対する新しい考えをもらうという偶然を最近よく体験します。

さて、教えて頂きたいのですが、「虹」に出てくる「あるギターリストが、精神状態が悪い時に助けにきてくれた精霊と、いろいろ話し合って作った曲」ってどなたの何と言う曲でしょうか？　ぜひ、聞いてみたいです。

(2002.06.18－さっちん)


ジョン・フルシアンテさんのひとつ前のソロアルバムです。でも、そうとうな、重い内容でした。

「smile from the streets you hold」というタイトルのＣＤですね。どの曲っていうのはないです。

(2002.06.18－よしもとばなな)

ばななさんこんにちは。ナジです。

昨日、驚いたことがありました。朝、起きて、姉の姿が見えなかったので、「おねえちゃんは？」と母に聞いたら、「入籍しに東京に行ったよ。」と言われました（姉は婚約中で、7月に旦《だん》那《な》さんのいる東京に住む予定だったのです）。なああんにも知らなかったので、ただただ、ビックリです。母も、当日知ったらしいです（笑）。

さて、そんなおめでたい最近のナジからばななさんに質問です。今まで、ばななさんのおねえさんに、一番驚かされた、やられたということを教えてください。

(2002.06.17－ナジ)


体操をしていて風呂場《ふろば》のガラスをけやぶり、血まみれになってげらげら笑っていた時です。救急で病院に行って縫っていましたね。笑うしかなかったというのもわかるんだけど。見た目が壮絶だったので……。

(2002.06.18－よしもとばなな)


萌です。こんにちは。

私の彼女は言葉で愛情表現をするタイプではないので、「私のこと本当に好きなのかな」と、時々不安になります。そんな彼女は「態度で分かって欲しい」と、まるで男の子のようなことを言いますが、私はやっぱり言葉でも満たされたいと思うのです。ばななさんは、言葉が無くても安心できるタイプですか？ヒロチンコさんとは、どのようにお互いの愛情を示しあっていますか？

(2002.06.18－萌)


そんなに確認しあわないものではないだろうか？　私も彼女

最近どうしても見たいDVDが有り、私はDVDプレーヤーを持っていないので電器店の人に相談するとPCに繋《つな》げて観《み》る事が出来ると聞き、早速買いました。と言っても彼氏に買ってもらったんですが……。で、電器店でフンフン聞いて帰って家で再生すると出来ないんですよね。結局、電器店を行ったり来たりしてやっと一人でやり方をマスターしたのは3日後。今までもそうなんだけどどうも機器関係に弱くてせっかく最新式の物を買ってもらってもいつも使いこなせません。その割には、ミーハーで新し物好きで次から次へ目移りします。

ばななさんは、新しい機種が出たらすぐに買ってしまう方ですか？　機器関係は、お得意ですか？

それから「なるほどの話」でつけてらっしゃる変わった指輪は何処《どこ》の物なんですか？　もう誰かが質問してしまったのかも知れませんね。暑いけど身体《からだ》に気をつけて下さいね。又、すぐに新刊だして下さいね。

(2002.06.16－Yayoi)


質問の採用、確率は低いですが、気長によろしくお願いします……。

私は自分のつごうに合った使い方しかしないのでいろんな機能が死んだままです。でもまあいいかって感じです。

そしてあの本のタイトルは「なるほどの対話」です。みんないろいろ間違うのですが……。なるほどの対談って書いてくる人が多いですね！

あの指輪はネイティブ・アメリカンのおじさんがつくったものです。多分一点ものだと思う。もうひとつ存在するのは知っているけど、それは見本だったらしい。

(2002.06.17－よしもとばなな)

私の中では焼きもちっていうのは軽くて適当で笑えるようなことで、嫉妬っていうのはねたむことっていう分類です。焼きもちはくだらないことです。私のいないあいだに食べたなとかさ。

(2002.06.15－よしもとばなな)


こんにちは。とうとう梅雨入りですね。洗濯物が溜《た》まります(笑)。

さて、明日は父の日ですね。ばななさんは、お父様に何か贈り物しますか？

私は、実家の父に何が欲しいか電話したところ、「山登り用のシャツが欲しい」とのこと。そっかぁーと納得していたら、母から電話が掛かってきて「お父さん、ちょっと派手なのが欲しいって」ですって。貰《もら》う側から、要求されてしまいました(笑)。私は、そんな両親をちょっと、カワイイと思ってしまいました。

さて、ばななさんは、ご両親のこと、カワイイと思う瞬間はありますか？

それはどんな時ですか？

(2002.06.15－マナミ)


ものすごく一生懸命サッカーを見ている。そして見終わってへとへとになっていた。今日のアイルランド対スペイン戦でした。最後のPK戦のところなんて、息を飲んでいました。なぜ、あなたたちが？

(2002.06.17－よしもとばなな)


こんばんわ、ばななさん。以前、質問してみましたがなかなかセレクトされなくて……トホホ。質問の仕方がへたくそなんでしょうか？

以前にこのコーナーでばななさんのお友達が占い師の方に「似合う服は見つからない」と言われた、というのがありました。私は販売の仕事をしているのですが、そんなことって!!　この21世紀の世の中に！　となんだかとっても気になっています。かわいい洋服が市場にはたくさんあるけれど、まだまだすべてのひとのニーズには答えきれていないんだなー、と思いましたが、それは「お気に入りの服は見つからない」ですよね？　うーん。その後お友達さんは似合う洋服をみつけることはできたでしょうか？　なんだかとっても気になりました。

(2002.06.14－旅人食堂)


いつでも似合わなくはないけど、裸とパジャマにはかなわないんだよなあ……。しかも「お気に入りの服が見つからない」なんて生やさしいものではなくて「服があわない」でした。

(2002.06.15－よしもとばなな)


昨年の秋、長い交際の末に彼氏と別れ、年下の女の子と付き合い始めたことについて質問をした29歳の萌です。あの頃はいろいろと不安だったのですが、「時の流れに身を任せてみる」というばななさんの答の通り、今本当に身を任せていて、なんとか幸せに生きています。ありがとうございました。

さて、質問です。嫉妬《しっと》と焼きもちの違いはなんですか？

ばななさんは以前、他人に対して嫉妬したり妬《ねた》んだりする気持ちが一切ない、と言っていましたが、この間「私は焼きもちやき」という回答を読んで、不思議に思いました。

また、どんなことに焼きもちをやきますか？　私もすごく焼きもち焼きで、自己嫌悪《けんお》に陥ることがしばしばです。

(2002.06.13－萌)

暑いのもつらいけど梅雨もジメジメがつらいですね。エアコンのある時代で幸せです。

さて、60年代生まれの私は、少なからずあの『恐怖の大魔王』のいわゆる1999年地球滅亡説に影響を受けて、育ったクチです。

中学生位だった頃の私は、（地球が滅亡するなら、最後の一人となっても良いので、是非それを見届けてみたい！）と思っていて、他のみんなもそうだろうと根拠もなく思ってました。しかし、今では誰かも忘れてしまったのですが、友達が「自分の大切な人たちが死んでいくのを見るのはつらいから、私は早いうちに死んでしまいたい。」という意見で、けっこうびっくりしたことがいまだに忘れられません。

それから月日は流れ、今の私は産まれ育った家庭ではなく、自分の選んだ者達と暮らしている35歳主婦なのですが、やっぱり地球が滅びるなら、最後を見届けたいと思ってしまいます。そりゃ滅亡する前の段階では、ダンナは大人だから自分でなんとかしてもらうとして、愛する子供達を必死に守るとは思いますが……。あ！　今思ったのですが【最後の一人の状態】があまり長く続くのは勘弁してほしいかな？

でもやっぱり死を見送られるよりは見送る方でいたいなぁ。ばなな様はどのようにお考えですか？

(2002.06.12－なつはるあきママ)


私は全然見送りたくないです、俺たちが結婚したら幸せだったかもな。

今も毎日のように「自分が先に死ぬ」ともめているうちの夫婦です。ラブラブなのではなくてマジでお互いいやみたい。

(2002.06.14－よしもとばなな)


ばななさん、こんばんは。

ひどい!!　と思う方もいました。テレビで知った、路上占い師のところに行ったら、悩み相談というより、当てるのが嬉《うれ》しい方のようで、「当たってる？　当たってるでしょう!!」と楽しそうに言われ、かなり不愉快な気持ちになりました（確かに悩み事を詳しく聞かずにガンガン当ててましたから、当たる方なのでしょうが）。

ばななさんは、占いをしてもらって、不愉快になったことはありますか？　あったら、どんなことだったか、教えてください。

（2002.06.12－鯖）


山もりあります。大切なのは信頼できる人の紹介であることだと思います。飛び込みでいくと、たいていがつんと損します。あと「八万円以上ご随意」ってのもありましたけど、これこそが「バカッツラ～」と思いました。お金をとりすぎる人は考えからしてインチキです。間にマージンをとる会社が入っていると考えても最高五万でしょう。

（2002.06.13－よしもとばなな）

はじめまして。私は「TUGUMI」が大好きな中学3年生です！
先日学校で国語のワークをやっていたら、松尾芭蕉《ばしょう》の説明のところに「芭蕉とはバナナの木のことである。だから、松尾芭蕉は、今風に言うと松尾バナナ。吉本ばななさんには、もしかしたら、このことが頭にあったかもしれない。」と書いてありました。これは本当ですか？　是非教えてください☆
（2002.06.12－あい）

全く、頭になかったです……。すまん。

（2002.06.14－よしもとばなな）

この間スーパーで、子供の頃ほしいと言っても「色の付いていないやつにして。」と言われ買ってもらえなかった、憧《あこが》れの赤いウインナーをついに手に入れました。

自分でもずっと忘れていたのですが、ハムを買おうと売り場に行ったら赤いウインナーと目が合って思い出しました。カゴに入れた時から嬉しくて嬉しくて、スキップをしそうな気持ちを落ち着けるのが大変でした。

でも実は、なんだかドキドキしてまだ食べていません。

タコウインナーは絶対、作ってみるつもりです。

ばななさんは子供の頃、食べてみたい！　と憧れていた食べ物ありましたか？

(2002.06.12－三奈)


下痢するまでさくらんぼを食べてみたいと思っていました。実現させ、下痢をしました……。

(2002.06.13－よしもとばなな)


この前は、質問に答えていただいてありがとうございました！

ミルクチャンを知らない私は、さっそく、検索してミルクチャンのスクリーンセーバーをダウンロードしたりしました。「バッカッツラ～」とは言ってくれませんでしたが、声は聞けました。かわいいですね！　鼻水たれてましたケド (笑)。

私はかなり占いが好きなので、ばななさんと同じく、信頼する二人の占い師さんに観《み》ていただいて、答え合わせみたいにしたりします。占い方も違う（四柱推命《しちゅうすいめい》と占星術）お二人なのに同じ事を言われるので、すばらしい！　と思います。一度、それは霊感みたいなものなのですか？　と聞いたら、「職業的勘です」と言われました。おおお。

あちこちの占い師さんに観ていただきましたが、中にはこれはしょうか？

(2002.06.08－夜羽)


祖母っていうところが若い。うちなんて親に聞けるぞ。

それはいいですが、出版社の方が……です。

(2002.06.11－よしもとばなな)


ばななさん、こんばんは。このＨＰ、とても充実してて勉強になったり笑ったり毎日の楽しみになってます。

ところで質問です。

このＨＰを始めてみて、読者の人に対して何か面白い発見は、ありましたか？

またこの質問コーナーでのばななさんの回答は短いながらに的を射ていて、妙に納得させられてしまうのですが、回答の言葉と言うのはするすると紡《つむ》がれてるものなのですか？

私は……「哀《かな》しい予感」が最も好きな小説なんですが、意外と「哀しい予感」を好きって言うファンの人が少ないなぁって、思いました。そしてネット上とは言え、ばななさんの考えに少しでも触れられ、優しい気持ちを知る事が出来た事をとても嬉《うれ》しく思います。

(2002.06.09－まぐ)


長く書きすぎないようかなり注意してます。

発見は、いつも本が出ても「本当に出て誰か買っているのだろうか？」と思っていたけれど、すぐ反響があるので嬉しいということです。

(2002.06.11－よしもとばなな)


ばななさん、こんばんは。

女の子の名前は、アイコというそうです……。これを人に話すと、「偶然じゃない？」と言われるのですけど、そうでしょうか？　ばななさま、どう思われますか？

私的には、べつにアイコって名前に恐怖を抱くわけでもないのですけど、まあ、こういうことってあるのね～、なにかの縁（因縁？）ね～、と、とてもおもしろく思っているのですが。かろうじて、夫がアイコという名前の女の子とつきあっていたのが、未来ではなく過去であることに救いを感じています。ばななさまも、これって偶然だと思われますか？

(2002.06.06－ふねちゃん)


アイコという名前が多いっていうのはだめでしょうか？

(2002.06.08－よしもとばなな)


ばななさん、初めまして。

もうすぐ梅雨が来て、梅雨が明けたらいよいよ夏！……のはずなのに既に夏のように暑いですね。夏と言えば個人的に思い出されるのは中学３年生の時の夏休みの課題「戦争体験の聞き書き」です。私は祖母に空襲にあった時の話などを聞いて書きました。その中では、夏の縁側でのんびり花火をする今の祖母と、戦火に怯《おび》えながら暮らした若い頃の祖母の様子を交互に交えながら書いたので、２つの場面を転換させる必要がありました。ちょうどその頃私は「哀《かな》しい予感」を読んでいて、その中で「☆」が利用されていた事を思いだし、場面転換のところで作文用紙に「☆」を書いたのです。すると国語の教師が、「こんなマークの使い方は作文用紙の使い方にありませんよ」と言って消してしまって、ちょっとがっかりしたのでありました。

そこで質問ですが、ばななさんは「☆」を原稿に自らお書きになったんですか？　それとも出版社の方がお付けになったので

ち歌です。「バブーシュカ」は小説化しました。好きなのか。

(2002.06.05－よしもとばなな)


はじめまして。私は28歳の薬剤師です。憧《あこが》れのばななさんに読んでもらえると思うと柄でもなく緊張しますが「虹《にじ》」の感想を伝えたくてメールすることにしました。

「虹」は怖いくらい現在私が考えていることや感じていることが表現されていて驚いたのですが、ばななさんはどのような気持ちでこの主人公の性格や状況を設定したのですか？

ばななさんの使う言葉はいつも私の心にピタッとはまるので新作が書店に並ぶと吸い込まれるように買っています。これからも私を「ふぁ〜」っとさせる素敵な文を書いてくださいね。

(2002.06.06－kusuko)


ありがとうございます。

性格や状況はなんとなくフランス映画のように、という感じで設定しました。自分とかけはなれていたので苦しかったです。

(2002.06.06－よしもとばなな)


ばななさま、こんにちは！　はじめてメールします。

実は、ちょっと気になっていることがあって、ばななさまのご意見をうかがいたく思うのです。私、結婚するまでに夫を含めて５人の男性とおつきあいしたことがあるんですけど、彼らには不思議な共通点があるんです。一人目の彼は、アイコっていう子とつきあうとのことで、別れを切り出されました。二人目と三人目の彼は、私からお別れをつげたのでわからないんですけど、４人目の彼も、私とつきあっているときからアイコという名前の子を好きになり、結局、お別れしました。５人目の彼、つまり夫ですけど、私と結婚するまえになにやら（？）あったあ……。

(2002.06.03－よしもとばなな)


こんばんは。

先日、自作の明太《めんたい》パスタが一番、と書いてらっしゃいましたが、是非是非、作り方を教えてください！　私は明太パスタが大好きなのですが、自分で作ると、イマイチおいしくないんです～。何かポイント!?　とかあるんですか？

(2002.06.04－スー)


明太《めんたい》とバターはたっぷり使い、隠し味にちょっとだけ醤油《しょうゆ》を入れ、クリームも多め。野菜はタマネギのみ、がいいように思います。全《すべ》ては麺《めん》をゆですぎないことですね。あと炒《いた》めた感じにしないこと、しっとりと作ることです。

(2002.06.04－よしもとばなな)


ばななさんこんにちわ。高校の時に「キッチン」に出会ってから、30代に突入した女子です。

そしてプリファブ・スプラウトとの出会いもまったく同じ頃で、「ああ、私が男だったら絶対ウェンディにハモってもらうのによー。」と聴くたびに思ってます。

そこで質問ですが、プリファブ・スプラウトの曲では何が好きですか？　私は「ＣＲＵＥＬ」！

あともうひとつ質問ですが、ケイト・ブッシュは好きですか？

(2002.06.04－うみの)


私もかなり好きな曲です。

でも「アンドロメダ・ハイツ」に入っている曲みんな好きかも。

ケイト・ブッシュは曲によりますが少なくとも「嵐《あらし》が丘」は持

た。

ばななさんはお礼や、挨拶《あいさつ》をさりげなく上手に言える方ですか？　コツがあったら教えてください。

(2002.05.30－ふとん)


言いすぎて効果が薄くなるタイプです。中庸をお互いに探しましょう。

(2002.05.31－よしもとばなな)


はじめまして、ばななさん。初メール、初質問でちょっと緊張ですね。

早速質問です、「安楽死」ってどう思いますか？　動物病院で働いているので、動物に関してですが。

先日、猫を安楽死して、とおばさんがやってきて。治る見込みがあるかもしれないのに検査もせずに安楽死を選ぶなんて……。悲しくもあり、腹立たしくもあり。

安楽死は絶対反対とは言わないけど、痴呆《ちほう》症の犬で夜うるさくて眠れないから、なんて理由でくる飼い主もいるし。同じような痴呆症の子でも家族みんなで介護してもらってる子もいるのに。動物は飼い主を選べないからかわいそう、という時が結構あります。きちんと面倒がみれないなら飼うなよ、と言ってやりたい。

逆に「犬は嫌いだったけど、この子飼い始めてからなんとなくよくて……」とほのぼのと話をしてくれた人もいて。動物のケア以前に飼い主の治療を、と思ってしまいます。

(2002.06.02－クロ chan)


患畜がよほど苦しんでいない限り、私は反対です。

その後の人生を自分がほがらかに生きていけるとは思えないな

その人がそれを信じるようになった背景にあるものに興味があります。

(2002.05.30－よしもとばなな)


ほぼ5年ぶりに好きな人ができました。その人の事を考えて顔がニヤけ、「これって恋!?」とわめきまくって周囲があきれ返っている毎日を送っています。

しかし、これだけではいかん！　と思い、密《ひそ》かに入手した携帯のメールアドレスにメールを送ったりして、私なりに頑張っています。

ところで、ばななさんは初めて人を好きになったときに、その人に対してどんな行動を取ったのですか？　そして、そのとき取った行動は成功しましたか？

ばななさんの小説に出てくる人たちが好きで、憧《あこが》れでもあります。私もあんな風に彼と時間を過ごしたい。

最後になりましたが、『虹《にじ》』読みます。

(2002.05.30－しょうてん)


椅子《いす》をひいてみたら転んで失敗しました。

(2002.05.31－よしもとばなな)


はじめまして。いつも楽しく会社から読んでいます。

先日友人と外食したときに冗談で「世話してるんだからおごってよ」なんて言ってたら本当におごってもらえてとても嬉《うれ》しかったんですが、うまくお礼が言えなかった……。

払ってもらったのに気付いた後「ご、ごちになりやした」と言ってしまってから、子どもの時は「ごちそうさま」「ありがとう」等とちゃんと言えていたはずなのになと、哀《かな》しくなりましさて、最新号の『ばなタイム』で自分に対してねたみを抱いてしまった友人について書かれておりましたが、私もここ１～２年の間に３人の大好きだった友人と心の別離を経験しております。

３人が３人とも、私が『成果』『安定』を手にするたびに態度が硬化していき突然思いがけない暴言を吐かれたり、お酒が入ったときに変ないやがらせを受けたりしました。

その時のしこりが残っているのか、最近は新しい人と出会っても『この自分の境遇はこの人に話すとねたみを呼ぶかも』などと、本当に余計なことを考えてしまって、つい変な風に駄目な自分をアピールしてしまいます。こんな自分は疲れてイヤです。

自分と他人の区別をちゃんとつけられる人、ってどこで見分けられるのでしょうか？　もしよろしければ教えて下さい。

(2002.05.29－うさぴょん)


ねたむ人は一生ねたむ人で、自分でねたみつかれてばかばかしくならないかぎり、結婚しようが子供ができようが変わりません。変わるのはあなたへの関心が減るからだけなのです、関心を持たれないようにするのが一番です。つまり、自分の思ってもいない行動をなるべくしないことだと思います。すると人を見分けることが容易になります。

(2002.05.30－よしもとばなな)


ばななさんこんばんはー。

私は今、大学で宗教の勉強をしています。ばななさんの作品において、宗教も一つのキーワードだと感じるのですが……。宗教というものを、どのような視点から興味を持たれていますか？

(2002.05.30－りん)

猫らしくないので、前からいた猫が猫らしく見えたことは最近ありました。関係ないですか？

(2002.05.27－よしもとばなな)


ばななさん、こんにちは。前に、1度質問に答えていただき、ありがとうございました。ばななさんの答は、手帳に書き写しました。友人も最近質問が載ったそうで、喜びのメールが届きました。私は今、25歳で、意に沿う仕事をしております。ただ、ずっと出来る仕事ではないので、そろそろ他の道を探さなきゃ、と思ってるところです。

自分の過去を振り返ると、あの時の自分は意に沿う場所にいた、あの時はちょっと違かった……、など色々あります。そして、当然意に沿わないことをやっているとどんどん幸せじゃなくなります。もとはと言えば自分で選んだ仕事なのに。自分をよく分かってないということかな。そこで、ばななさんに質問です。意に沿う道を選び続けるコツってありますか？　どんな努力だったら惜しむべきでないと思いますか？　相談になっていたら、ごめんなさい。

(2002.05.29－kio)


先々を考えずにその日を意に添う一日にすることではないでしょうか。そうするとだめな場合「こらもうがまんできん」っていう日が来ますね。

(2002.05.30－よしもとばなな)

•

こんにちは。『虹《にじ》』『なるほどの対話』はしごで一気読みしました。『虹』は読んだ後ふと空を見たら（ベランダで読んでいたため）飛行機雲が3連にかかっていて、まさに虹のようでした。ばなな様のハンドパワーでしょうか？

で「ハネムーンとうたかたが好き。読んでくぅーっとなったのはハチ公の最後の恋人です。」って返したら「運命の人だ！ってくらい同じだ!!」って返ってきました。これは運命なのですか？

(2002.05.26－TOMO)


それはもう運命でしょ〜。

(2002.05.27－よしもとばなな)


京都へ行ってきました。

新幹線で通り過ぎることはあったのですが降りるのは何年ぶりだか忘れたほどです。ほんとーに、ほんとーに、久々感があって初めての街ってほどに感じました。なんでかなーっと、とりあえず駅の近くの食堂にごはんを食べに行って気付いたのです。

京都タワーがやっと見えて。

あの、ぶっさいくな、どんくさい京都タワーなのに、見えなきゃ見えないで何かが足りない気分になるとは驚きでした。中学生の頃は「倒れてしまえ、いますぐ」と呪《のろい》をかけたほどに見るのもいやだったぶさいくさん。そういえば、最近新幹線で通り過ぎる時も「え？　京都ってもう過ぎたの？」なんて感じだった。

ばななさんは、そういうことってありますか？

けっこうキライだったのに、いなくなると物足りないって感じ。

あ、それとも。

これは更にキライなものの登場で、これまでやだったものさえも可愛《かわい》くおもえるだけなんでしょーか？

(2002.05.27－みる)


それって意外にないんですけれど、後から来た猫があまりにも

すからね。

イタリア人の好きなところは、美しいものをきちんと好むところです。あと生活を苦痛にしないすべを知っていること。

行ったことないなら、やっぱりローマとナポリかなあ。

(2002.05.23－よしもとばなな)


こんにちゎぁわ。中一の時、アムリタを読んで、人生変わりました。本気で。

今日学校で、友達に数学教わってる最中、おならがでました。必死で知らないふりしてたけど、めちゃくちゃ臭《にお》ってくるんです……。恥ずかしくて、顔が真っ赤になって、正面に座ってる友達にばれないか不安で、手まで赤くなってきました（笑)。案の定、ばれたんですけど、その子が「こんなのじゃ嫌いになったり引いたりしないって。とっもだちじゃーん♪」って言ってくれて、嬉《うれ》しかったです。

ばななさんは、生きてて一番恥ずかしかった事ってなんですか？　おならって、どう隠しますか??（笑)

ぴぃえす。ばななさん、結婚してください！

(2002.05.25－シホ)


結婚はもうしているのでちょっと……。

おならくらい、よくあることではないですか。それで嫌いになっていたら、それこそ結婚なんてできません！

(2002.05.26－よしもとばなな)


はじめまして、こんばんわ。

初メールですがよろしくお願いします。

さっき友達から「吉本ばななの作品の中で好きな作品は？(友達が聞いてって)」という質問がメールで届きました。なのりますよ、好きかどうかはともかくその人が自分を好きになる感じかどうかは。

先日明和電機の社長さんにお会いして、あまりにもすてきだったし私の好きなタイプだったのでぽうっとなりましたが、同時に「この人……私を絶対好きにならないなあ」というのもわかりましたもん。

(2002.05.22－よしもとばなな)


こんばんは！

ばななさんの本が好きです。このホームページも日記を何回もさかのぼってぽーっと読んだりしています。ずーっと続けてくださいね！　かなり毎日の楽しみとなっております。

さて、質問ですが、私は今イタリアに関係するお仕事をしております。イタリアは昔からものすごく憧《あこが》れていた国で（でもまだ行ったことないのですが)、仕事で出会うイタリア人も勝手気儘《きまま》ですが陽気で魅力一杯の人ばかりです。しかーし、直接の上司（日本人）が人の事を全く認めようとしない人で、人のイヤミばかり言ってて、仕事は好きだけど職場は全然楽しくないのです。なんなんだ？　ここはって思ってしまうくらい。このままだとイタリアに対して申し訳ない気がします。周りの環境から無意識にイタリアにも悪いイメージを持っちゃいそうで……。

そんな私に教えて下さい。ばななさんはイタリア人のどんなところが好きですか？　行くのはどこがお勧めですか？　イタリアのいいことをいっぱい教えて下さい！

(2002.05.22－keiko)


まず行ってみてください、いいところも悪いところもぐんとスケールアップしますよ。まあどの国でもいい人も悪い人もいま

っていながら自分にはまったく関係ないといっています。電話は昼間主人が仕事中にかかってくるので、彼は電話にでたこともありません。今は、家の電話番号を変えてもらったので、その女からの悪戯電話は無くなりましたが、今でもなんだかわたしはしっくりきません。主人には失礼だと思うので彼女と別れた経緯などはききませんでしたが、なんだか腹が立つし、なんとか自分で仕返しが出来ないかと思っています。わたしの考えはまちがっているのでしょうか？　そして主人は今まで、そしてこれからどうすればよかったと思われますか？

(2002.05.21－ぽちわんわん)


そんなの主人の携帯にかけろって感じですよね。

今度かかってきたら、いろいろなすごい面白いことを言ってやれ〜。「夫は今体重二百キロです」とか。「あなたの電話のせいで救急車呼べなくて夫は死にました」とか。私ならまじでやりますね。

(2002.05.22－よしもとばなな)


ばななさん、こんにちは。

昨日の夢にばななさんが出てきて、私はばななさんに質問しっぱなしでした。このサイトの見すぎでしょうか。夢で一緒の時間を過ごすことができてうれしかったです。

さて、質問です。

「片思いは時間の無駄だと思う」と書かれていましたが、好きになった人にはすぐに気持ちを伝える方ですか？　また、相手も自分が好きかどうかを、なんとなくでもわかりますか？

(2002.05.22－nao)


すぐに伝えない方です。よほどの事情がなければ。そしてわかそして……悪いが、片思いは、やっぱり時間の無駄だと思う。

(2002.05.21－よしもとばなな)


ばななさん、初めまして！

ばななさんのサイトに来ると、気持ちが落ち着くので、朝と夜寝る前に見ています。そうすると、寝覚め、寝付きともにすっきりさわやか～、です。

さてさて、質問ですが、ばななさんにとって「甘え」とはどういう状態（？）の事を言うのでしょうか？

少し前のQ&Aで、「自分の状況は、自分の甘えが少なからず反映されている」と答えてらっしゃっていた事が、とても気になっています。

(2002.05.21－ウニ)


たとえですが、私は英語ができないのでいつも外国の方と通訳なしには深い会話ができません。

でもできればひとりで友達をどんどん作るでしょう。

英語ができない状況、これが私の甘えです。甘えに応じた環境しかまわりにはないわけです。

(2002.05.22－よしもとばなな)


こんにちわ、ばなな姫。いつもお仕事お疲れ様です。

わたしの最近腹の立ったこと、それに関する質問を聞いて下さい。わたしは主人と結婚して２年、一年前には子供も生まれ、平穏な毎日を暮らしていました。ところがある日を境に悪戯《いたずら》電話に悩まされることになってしまったのです。電話の主は主人の元彼女。主人の話によるとその人とは10年位前に別れたのですが、主人の歴代彼女に対してもさんざん迷惑な電話や行動をしてきたとのこと。そしてこれだけわたしや子供に迷惑がかかなんだけど、でも好きになった以上は全力で頑張りたいって思う今日この頃です。

(2002.05.20－もいじい)


相手が「なんでもいいからこいつとやりたいなあ」と思っているときに「永遠に宇宙一愛します」これが悪いバランス。

「もう好きで好きで口をきいただけでうれしいっす」と相手が思っているとき「この男と寝てもいいなあ」これはいいバランス。ふたりとも「将来は山小屋で肉体労働をして暮らしたい」これもいいバランス。

こんなところでしょうか、具体的って。

(2002.05.21－よしもとばなな)


はじめまして。ばなな様の作品を愛するファンのひとりです。

最近私の周りはラブモードいっぱいで、みんな出会いから交際スタートまでトントン拍子！　というケースばかりで、片思い歴１年７ヶ月の私としては微妙に焦《あせ》り始めている今日この頃なのですが、そういう縁てゆうか運命とゆうのは調子よくぴったりはまるものなのですかね？

ばなな様の作品にでてくる人は出会うべくして出会う人への信号をちゃんと出せる人だったり、運命の人を捜し出すアンテナが上等な人のような気がします。ばなな様自身はどうですか？信号は出せますか？　アンテナはききますか？　片思いはぴったりくる時期を待ってるんだと思ってる私は時間を無駄に過ごしてるのでしょうか？

(2002.05.20－のち)


春だからねえ……。

すべてぎんぎんのびんびんです。

たんじゃん！

(2002.05.20－よしもとばなな)


こんにちは。今回初めて投稿します。

私は、将来編集の仕事に就きたいと思っている大学３年の女子です。

今日は、就職部の相談に行ってきたのですが、出版は難しいので、他の仕事も考えた方がいいと言われてしまいました。でも、今は出版関係しか考えられません。

そこで、ばななさんに質問なのですが、編集者にとって、大切なものとは、何だと思いますか？

(2002.05.20－ちえ)


無私の心と自分勝手が同じ分量あることです。これは絶対そうです。

(2002.05.21－よしもとばなな)


ばななさま、おはこんばんちは。

どうしてもわからないことがあるので教えてください。

数日前の「恋愛に一番大切なものは？」という質問に、「相手の気持ちとのバランス」と答えていらっしゃいましたが、それって具体的にどんな事なのでしょうか？

人の気持ちって見えるものではないから、相手の状況や立場等を色々考えてその上で相手の気持ちを考えてみても、私が思っているとおりに相手が思っていることなんてまず有り得なくて、どうやってバランスをとればいいのかがわかりません。

直接聞いたり出来る仲でもないし……。聞いたからといって分かるとは限らないと思うのですが。

人を好きになるって本当に難しいですね。出来れば避けたい位

って言ったり、「雪が降ってきたよ。」等、3回程ですが話しかけられました。みんなは寝ぼけてたんだろうとか言って本気にしませんが、(又は気持悪がられる)あれは木の精だと思います。ばなな様はこういう体験ないですか？　その人はとても可《か》愛《わい》い声なんですよ。

(2002.05.19－ゆう)


いいなああああああ(本当にうらやましい)！

「水くれよ！」とかいうのはわかりますがそこまでは……。

(2002.05.20－よしもとばなな)


ばななさん、初めまして！

「TUGUMI」を高校生のとき読んで衝撃をうけました！　どんなに気分が悪くても、風のようにすぅっと読めて気持ちのよいものばかりで尊敬します!!　私も奈良美智《よしとも》さんが好きで同じ弘前《ひろさき》なので、8月に行われる展示会が楽しみです！　ばななさんも見に来られるのでしょうか？

後、憧《あこが》れの人にリアルタイムで質問できるなんて滅多にないのでおもいきって質問させていただきます。今まででで死にそうになった事はありますか？　わたしは、自分のりんご畑で気を失って側溝に頭から落ちたこと。ちょうど水の流れるパイプがクッションになりたんこぶだけですみました。質問が重なってたらごめんなさい。それではお体に気をつけて！

(2002.05.19－コーラルリーフ)


あります。「これは……まずいんじゃ」と思ったのは、気流が悪い日にぎりぎりで飛んだセスナに乗ったときです。みんな平気そうにしていましたが、私は本気で震えていて、そして、その次の年にその便のセスナ落ちてました……やっぱしやばかっ

今日みごとに子供が！

で、質問です。ばななさんは植物でこのような経験をされたことがありますか？

(2002.05.16－とも坊)


しょっちゅうです。絶対に通じますよね。おかげで今でもシクラメンに花ががんがん咲いてます。

(2002.05.18－よしもとばなな)


はじめまして。

私は、私立高校で国語を教えています。今度、3年生の授業で「TUGUMI」をやります。

私自身、ばななさんの作品が大好きで授業もすごく楽しみにしています。

ばななさんから、国語の授業で取り扱うときの、アドバイス・要望などがありましたら、ぜひ教えていただきたいのですが……。なんだか、変な質問ですよね（笑）。

よろしくお願いします。

(2002.05.19－アイコ)


これはおとぎばなしなのでここから人生を読みとらないでね！ってことでしょうか。あと、ふるさとを愛そう！　です。

(2002.05.20－よしもとばなな)


ばなな様はじめまして。いつもお世話になっております（癒《いや》していただいて)。

植物の神秘について何度か書いてらっしゃいましたが、私もよく感じます。家には鉢植えがいっぱいあるのですが、うたた寝をしているとき緑色のかわいい人が出てきて「風邪引くよ。」

ほんとうにふられたことがない（そう思っているだけ？）からです。

(2002.05.17－よしもとばなな)


ばななさん、こんにちは！

ハワイの日記を読んでたら、ものすごくハワイが恋しくなりました。私も行きたい〜。

さて、ばななさんは自分のことを他人（親友、家族、恋人など）にどの程度まで話すことが出来ますか？

私には色々トラウマになっていることがあるのですが、それを誰かに話すと変に同情されたり、気を使われたりするのが嫌で話せないでいます。好きな人には嘘《うそ》はつきたくないけれど、話した後今の関係が壊れるのはもっと嫌なんです……。でも、話さないと前に進めないような気もします。

ばななさんは、誰にもいえない秘密ってありますか？

(2002.05.17－もいじい)


人の秘密が本人よりも重く聞こえることは、絶対にないです。だからこそ、軽く扱われたくなくて黙っていることってたくさんあります。

(2002.05.18－よしもとばなな)


はじめましてばななさん。

「虹《にじ》」一気に読んでその後もう一度ゆっくり味わって読みました。

いま家は、動物を飼うことのできないところなので代わりにサボテンなど植物をたくさん育てています。

そのサボテンなのですが人の気持ちがものすごく通じるようで子供を作って欲しいなあと心の中で言い続けていたら、なんと

戻っていろいろぶつかるが、ずっといるだろうと思います。多分店長になるだろう。あのたまはそういうたま。

(2002.05.15－よしもとばなな)


はじめまして。「虹」早速読ませていただきました（^_^)

よいですねータヒチ。行ってみたくなりました。

ところで、主人公水上瑛子さんが働いていた「虹」というお店のモデルってあるのですか？

タヒチにはすぐに行けないので、あったら是非行ってみたいのですが……。

(2002.05.14－ひさりん)


あってほしいなと思って書きました。

ちょっと白金のパトリスの店が入ってるかな？

(2002.05.16－よしもとばなな)

ばななさん、お久しぶりです。いつも質問を書いても、上手に伝えたいことを表現できないので、しばらく書けずにいました。しかし!!! どーしても聞きたいことができたので、文才のなさを暴露しつつ、質問です。
ばななさんは恋愛に一番必要なものは何だと思いますか？　私は、相手を大切に思う心と、相手の愛情だと思っていました。でも、恋愛に必要なのはもっと現実的なものなのかな、と思います。タイミングに翻弄《はんろう》されている、ここ二年間です。
大好きなばななさんの考えを聞かせてください◎
(2002.05.16－奈央子)

それは相手の気持ちとのバランスです。

これはかなり正解だと思います。これを伝授されてから十数年、

すっぱり縁を切ることです。

(2002.05.14－よしもとばなな)


吉本さんは人が成長する事を、次のどれであらわしますか。原石を削って輝かせる。畑を耕して花を育てる。

いろいろなものを付け足して成長していくと思っているのか。

それとも、いろいろな物を削って成長していくと思っているのか。聞かせてください。

(2002.05.09－よしだたくろう)


よ、よしだたくろう？

私は、植物が育って花が咲いて枯れるというふうに思います。

その場合は外からの力（陽だとか土だとか）が働いているっていうことが大切だという気がします。

植物でもむだな枝や花は落ちたりしますが、そういうことはあるっていう感じがします。

なんで原石をけずって輝かせるっていうふうに思わないかというと、原石をけずるのは人間のつごうで、鉱物もやっぱりじわじわと誰も見てなくても育っているからです。

(2002.05.14－よしもとばなな)


虹《にじ》を読みました。

２時間で一気に読んで、すっかり疲れて４時間昼寝をしてしまいました。

瑛子さんはあのお店に戻らないのではないかと感じてしまうのです。勝手な想像ですいません。

ばななさんはどのように思っていらっしゃいますか？

(2002.05.13－タリ)

はじめまして、ばななさん。

『.com』でこのサイトの存在を知りました。これまでばななさんの作品はほとんど全部読ませていただいてます（そう、お約束のように『holy』以外ですが）。なのに、なぜか、どの作品も内容を記憶してないのです……記憶はしてないのですが、毎回毎回、「ああ、いいもの読んだ〜。明日からまた頑張ろう！」と思っては、花を買って活《い》けたり、煮込み料理を作ったり、と、しばらくの間は暮らしぶりが丁寧になるのです。ありがとうございます。

で、質問です。いきなりエゲツナイ話題で恐縮なのですが、わたしは年齢のわりにちょっとばかし収入多めなのです。しかし友人は、けっこうこの不況下に苦しんでおります。彼氏にいたっては失業中ですし。しかし、会えば美味《うま》い酒も飲みたいし、美味《おい》しいものも食べたかったりしちゃうのです。しかし、毎回おごってばかりなのは、いろんな意味でいかがなものかと……。友人、とくに恋人間の収入格差、どのように解決していくのがよいのでしょう？　すいません、帰国早々こんな……。

ハワイ、いかがでしたか？　(←今さら聞いてるし……笑)

(2002.05.13－モコモコ)


私も常に収入多めですが、はっきり言って大問題です。今は相手がちょうどよく稼いでいるので問題ないですが、それでも多めなことは確かです。ふたりの間でいろいろなことをうやむやにしないことが大切だと思います。多めだと、税金とかも多いし、基本的にはあまり変わりないんですけれどね。

おごるときはいつでも自分の中で「自分が、この人と、これを食べたくて、納得しておごるんだ」と思うことだと思います。

そして、いつでもおごってもらうことをあてにしてくる人とは間違っていると思いますか？

最後に、ばななさんの考え方や文章、大好きです。

アデュー！

(2002.05.03－シャガー)


それは成仏《じょうぶつ》できた方がいいので、いいことをしたのだと思います。でも、心の中でちゃんとお祈りしてあげたほうがいいかもしれません。きっと自分が死んだのがわかってないのだと思います。そういうことってあります。

(2002.05.05－よしもとばなな)


初めての投稿。ちょっぴりウキウキ。犬、猫、そして亀《かめ》を飼っているばななさんに質問です。この３種の動物は仲良しですか???

うちも今犬を飼っているのですが、今度結婚する彼が亀を飼いたいと言い出したのです（実は私、猫を飼いたいんです)。犬は、実家にいるのですが、新参者の亀吉になんかやられっぱなしになんかなったら……なぁんて自分が猫を飼おうとしているのを棚に上げて……。

いずれ、家を離れたときにでもと思っていた私が甘かった!!

彼は、私の母に承諾書まで書いてもらっていやがった!!　こうなったら私は父を味方につけて意地でも猫を飼おうと思っているのですが……。３種の仲はいかがなもんでしょう?!

大好きなばななさん、うちの犬の存在ちゃんとありますかね？

(2002.05.07－りかちん)


みんな飼ってもそれぞれが自由に過ごしているので大丈夫ですよ。仲がいいってほどではないけれど。楽しいですよ〜。

(2002.05.13－よしもとばなな)

もちろん続編でもOKです。キャストは勝手に考えるに岩永さんは「椎名桔平《しいなきつぺい》」さん。寺子ちゃんは……考え中！

勝手にすみません！

(2002.05.03－ミサ)


いいんではないでしょうか、彼で。なんとなく。寺子ちゃんは……深津絵里さんか？

でもあの話、えんえん続いてももりあがらなさそうだなあ。寝てばっかりいるし。登場人物少ないし。おちもないし。

だいたいのドラマって、いらいらするので（みんなわざと苦しんでいるようにしか見えない、きっとそこがいいのだろうけれど）、嫌いなので、たぶん、無理だと思います……。

(2002.05.05－よしもとばなな)


はじめまして、こんばんは。

霊感の強そうな、ばななさんに聞いてみたいことがあり、メールしました。

実は、今年の１月に、我が家の３匹の猫の内の１匹が突然死んでしまいました。とても元気だったし、未《いま》だに原因もわからなくて、くやしい思いです。その夜、部屋の戸をがりがりと、外側から引っ掻《か》く音がして、「あ！　ネップだ！」と思いました。いつも、入れて欲しい時に、その猫だけそうしていたからです。ネップとは、死んだはずの猫の名前です。本名は、「ネプチューン」です。急いで、戸を開けたけど、誰もいませんでした。それから、夜の２時から３時の間に、ほぼ毎日戸を引っ掻くので、寝不足になってしまい、ついつい、戸の横に、お塩と水を置いてしまいました。それからもう、がりがりはなくなって、ちょっと罪悪感を感じています。

早く成仏《じようぶつ》してほしいけど、ばななさんは、私のしたことは、

です。

私が生まれ育ったところは多摩動物園の近くです。春になると動物の子どもが生まれて可愛《かわい》らしいので、行きたくなります。が、ある日動物好きの友達に「動物園は人間のエゴだ。動物が好きだからこそ行きたくない」と言われて、ちょっと考えてしまいました。

私は、子象がとても象とは思えないほど機敏な動きで母親にじゃれていた姿など、本当に見られて良かったと思っているのですが。ばななさんは、動物園についてどう思われますか？

また、動物園に行かれるとしたら、お好きな動物園はどこですか？

(2002.05.04－ひこ)


何回も行ったし自分の庭のようなものなので、やはり上野動物園です。でも、やっぱり動物園は気の毒です。特に、気候の違うところから来た動物たちについては、考えてしまいます。暑さにあえぐシロクマとか、見ていてつらいですね。

しかし……子供の頃にかけがえのない思い出がたくさんあるしなあ。パンダ見たとか。

なにかもっといいシステムはないのだろうか。

(2002.05.05－よしもとばなな)


ばななさん、お体、大丈夫ですか？

ご無理をなさいませんように……。

ふと思ったのですが、ばななさんの作品がドラマ化されるという話はないのでしょうか？　映画化はされているということは、お話はあったりしますよね？　それとも何かドラマ化はしない！　とか、こだわりとかありますか？

「白河夜船」フリークとしては是非にドラマ化を！

私が考えていたのは、その子に嫌われて、これ以上友達を失わないように、リスカを辞めるっていう考えだったのですが、返ってきた返事は「私もやったことあるよ」って答えでした。訳がわからないほど悲しくなりました。自分のことにかまけて、なんでこんな大切な友達の傷に気付かなかったんだろうって。

だから、お互いに「切るの辞めようね」って誓い合いました。

今は、自分が愛《いと》しくてしょうがなくなりましたが、やっぱり未《ま》だ自分を許せません。

吉本さんが、自分がたまらなく許せなくなるとき、どうしますか？

無駄に長くてゴメンナサイ!!

(2002.05.02－シホ)


それはたいへんでしたね。頭がまちがった命令を出すようになってしまうくらい、はじめにやったとき、実は体がおびえたんでしょうね。お酒やたばこと論理的にはそう変わらない気がする。でも本当にやめたほうがいいです。

私もたいへんなことが昔何回かありましたが、今となるとそのしくみがよくわかるのです。わかるくらいの歳《とし》まで生きてみたほうがいいです。うっかり死んでしまうと、わからないままになってしまうから。

(2002.05.03－よしもとばなな)


ばななさん、はじめまして。

公式ＨＰが！　とびっくりして質問しようと思ったものの、緊張してしまって出直しついでに「YOSHIMOTOBANANA.COM」まで読んできてしまいました。おもしろかったです。

同時代の同じ国のとても近くに住んでいて、しかもこうしてコミュニケーションがとれてしまうことに感動を覚えつつ、質問ばななさんは、このような風潮を感じたことはありますか。また、このような風潮をどう思われますか。「仕事」というものをどのように捉《とら》えていますか。抽象的な質問で恐縮ですが、よろしくお願いします。

「送信」押しちゃえ!!!

(2002.04.30－うさぎの名はぶり)


こちらこそありがとうございます。

その風潮、私も変だなと思っていました。たとえばこの私ですが、よく「好きなことを仕事にしていてうらやましい」と言われます。確かにそうだよなとは思うのですが「楽しいに違いない」という生き生き感というのを期待する雰囲気が必ずセットでついてきます。どんな仕事にも楽しいところとつらいところがあるに決まっていると思うのですが。

そしてよく龍《りゅう》先生が言っていますが、本当に嫌いなことをしていると人は病気になってしまうと思うので「そこそこ楽しくそこそこやりがいもあり何よりも他のことより向いている」くらいがベストなのではないでしょうか。

(2002.05.01－よしもとばなな)


コンニチハぁ。

私はちょっと前まで、よく言うリストカットをしていました。友達には、犬にかまれてできた蚯蚓《みみず》腫《ば》れだと誤魔化してました。それでも、自分が悲しくてしょうがなくて、ついにリストカット断ちをしました。傷跡も消えてきても、なんだか自分が嫌で嫌でしょうがなかったのです。心の中で、再び切ってしまえばいい、って自分がいってるので、大嫌いな自分に喝《かつ》を入れる為《ため》に、私が本当に大好きな友達に、正直にリスカのことを話しました。

の飼い犬マナが礼儀正しく座ってよだれを垂らしており、「わかった、10匹500円！　3匹は姉ちゃんの勝ち！　2匹はワン公の勝ち！」と言って、たいやき10匹を包んでくれました（10匹買うなんて言ってないのにい～）……ばくち打ち？
ばななさんは、何かを値切ってもらおうとして、こちらが恐縮してしまうほどまけてもらったことはありますか？
ではではお体に気をつけて、お仕事頑張ってください☆
(2002.04.29－なつめ)

おめでとうございます。

でも、多い。十匹のたいやきは……。

こわいくらい負けてもらった時、いつも思うのは「三十分の差で、こんなに？」です。閉店間際《まぎわ》に刺身など買うとありがちな感想です。

(2002.04.30－よしもとばなな)


本当に「送信」をクリックできるのか、俺。

そんな気持ちで、キーボードを叩《たた》いています。色々な言葉で感謝とばなな作品への想《おも》いを伝えたいけれど、なんだか上手《うま》くまとまりません。ありがとう。そして大好きです。

さて、質問。

最近よく感じることですが、『自分の好きなことを仕事にしなくてはいけない。常に仕事にやりがいを求め、また感じていなくてはいけない。』という風潮になってはいないでしょうか。

私も前の仕事で、そういう風潮を煽《あお》ったりしたこともありましたし、そう思っている人が世の中に多いことも知りました。愛を持って仕事に取り組めることは、とても素敵なことだと思いますが、「ねばならない」というのがどうもしっくりこないのです。

「虹《にじ》」読んでます。

でも、読み終わってしまうのがもったいない。

連休に入り、のんびりゆっくりゆっくり読んでいます。

今日レンタルビデオやさんで映画「キッチン」を見つけました。

これは映画館でリアルタイムで観《み》ました。今人気の川原さんのデビュー作品かな？　ばななさんはこれからもし自作品を映画化するとしたら、どの作品にしたいですか？　またキャスト、監督さん、音楽の希望などありましたら、教えてください。

(2002.04.27－ミサ)


これから書く謎《なぞ》の小説（まだ自分でも謎だから）を外国の人にやってほしいです。

あとは、アルジェント監督になんでもいいから、何人殺してもいいから、映画化してほしいなあ。もちろん音楽はゴブリンで!!!

(2002.04.28－よしもとばなな)

ばななさんこんばんは☆
わーい☆「おめでとう」って言ってもらって本当に嬉《うれ》しいです。
ありがとうございます、無事入籍しました☆
……ところで話は全く（あほな方向に）変わるのですが、「虹《にじ》」を買った帰り道に屋台のたいやき屋がありました。ちょっといいにおいだったので立ち寄ると、そこには「１匹100円10匹1000円！」と大きく書かれたプラカードが……。私が「そのまんまじゃーん」と気安く声をかけたおじさんの腕には立派な和彫りの鯉が泳いでいて、ものすごい形相でにらむので動揺してしまい、「いやあ、そのすじの方がたいやき売ってるなんて、かわいいですよね！」と言ってから後悔していると、「負けた！　10匹700円！」とおじさんが言い、その視線の先にお供ばななさん、はじめまして。

今日はじめてこのHPにお邪魔しました。いいHPですね。

ところで私は最近イタリアの人々とメル友になったのですが、「読書が好き」と書くと8割くらいは「バナナ・ヨシモトを知っているか、彼女の作品を日本人はどういう風に受け止めているのか」と聞いてきます。

だから、「もちろん知っている、多くの日本人は彼女の作品をこよなく愛しているし、新刊が出るのを心待ちにしているのだ」と、拙《つたな》いイタリア語で書いて送り返しています。

もっとイタリア語がうまければ、もっともっとばななさんの魅力を語りつつ、日伊《にちい》文化交流を図りたいところなのですが、残念です……。

ところで。日本語からその他の言語に翻訳する場合、日本語だとぼやかせていた部分を明らかにしないといけないという二次的問題がおきてくるかと思いますが（例えば「その人」としていた人の性別だとか）、そういうところは翻訳の方と話し合いつつ決めていかれるのですか？

以前「とかげ」の英訳版を読んだ時、男性主人公の友人が女性ばっかりになってて面食らった記憶があります。でも、きちんと読めてないかもしれんので間違いだったらすみません。

（2002.04.26－さわら）


ありがとう、イタリア語がんばってください。イタリアの訳者たちは完璧《かんぺき》なので、大丈夫です。わからないと質問してきてくれるし。その他の言語も、なるべく話し合える人たちにもっていこうと奮闘しています。

（2002.04.26－よしもとばなな）

こんにちわ。今の季節の、なんだかなまぐさいにおい（緑の中を歩くとかげる）がすきです。今ふと思い出したへんなことを書きます。

真夏の暑い日、どこからともなくねこのすごい声が聞こえてきました。猫好きのわたしは「どこどこ」とあたりをみまわしましたが、がんばってもねこはいませんでした。友人と恋人が「どうしたの？」というので「ねこ、どこで鳴いてるんだろう」と聞いてみました。ねこの鳴き声は（にぎゃおうおうとかそんなかんじでした）だんだんちかづくのに、姿はみえないんです。まわりにはかいものくるまを押すおばあさんしかみあたりません。（かいものくるま→おばあさんがよく買い物にいくのに使ってるアレです）おばあさんがちかづくにつれ、猫声もおおきくなります。おばあさんはかいものくるまにダンボールをつんでいました。「え？　え？」と私らが見守るなか、ばあさんはゆっくりどこかにいってしまいました。あれはなんだったんでしょう??

そしてとってつけたような質問ですが、水木しげる氏の作品はすきですか？　そして、どの妖怪《ようかい》がすきですか？　わたしは「コケラキイキイ」がすきです。

(2002.04.25－のりすけ)


だんとつでぬりかべです。

結婚してもいいくらいです。

いやなのは百目です。

水木先生の作品は、無常が感じられるところが好きですが、まとめて読むと空《むな》しくなるので、微妙です。

ところでそれは……飼い猫？　の散歩？

(2002.04.26－よしもとばなな)

ばななさん、「虹《にじ》」、買ってきましたよ！　雨の日に「虹」を買うなんて、ステキかも。

今日、会社の帰りに伊勢丹《いせたん》へお夕飯の食材を買いに行き、その後、「ばななさんの本が出ているか見てこようっと。雨も降っているし、荷物もあるから見るだけで地元の本屋さんで買えばいいや～」とルミネの青山ブックセンターへ向かったのです。

そして、見ましたよ☆ばななさんのメッセージカードを！

「ルミネ２へ来たなら！　買って……♡」

「yoshimotobanana.com」と「虹」の間にカードがあったので、「モチのローン！」と「虹」を手に取り、レジに直行したのは言うまでもありません。そして、一緒に山手線に揺られて帰ってきました。

そこで質問なのですが、ばななさんはたまたまルミネ２にいらした時にお店の人に頼まれて、このカードを書かれたのですか？　それとも、都内（国内？）津々浦々の書店に、「リブロへ来たなら……」や「ジュンク堂へ来たなら……」バージョンがあるのでしょうか？

ばななさんのカードを見て「これって運命？」と図々《ずうずう》しくも思った私ですが、いろいろな本屋さんでみんな運命を感じているのかしら？

ばななさんの字を見ることができて嬉《うれ》しかったです!!

(2002.04.25－まりぷりん)


まさか本当にいうとおりにしてくれる人がいるとは、嬉しいです。

あれは、青山ブックセンター本店に行ったとき、頼まれもしないのに、むりやり書かせてもらったものです、地道な活動……。

(2002.04.26－よしもとばなな)

(2002.04.21－たか)


そうですね、バランスの問題だと思います。力が入らないようにするのは、いつでもむつかしい課題ですね。小説は、完璧なものが書けたら（自分なりにその時々ででも）いいなあと思ってはいますが、全然だめです。

自分の心にないことを書かないという点では絶対に妥協しませんし、その点だけでは完璧だとさえ思っています。

(2002.04.21－よしもとばなな)


ばななさん初めまして。こんな素敵なサイトがあったんですね。ありがとうございます。

私は、いも焼酎《じょうちゅう》が大好きな九州在住の30歳女性です。小児科医６年目ですが、とっても苦手なことがあります。それは、「女医」と形容されることです。

なんとなく、女医、という（勝手な）イメージに自分が合わないような気がするし、男の医者はわざわざ男医とはいわないよなあ、と思ったり、とにかく、「女医」「女医さん」と言われるたびに、違和感と勝手なほんの小さい怒りを感じてしまいます。

ばななさんも、「女流」と形容されることがあるかと察しますが、どう感じられますか？

(2002.04.25－いも焼酎)


女だからな〜しょうがないな〜と耐えてます。

女医、かっこいいと思うのだが。やはり隣の芝生は青いということでしょうか。

とにかくすばらしいお仕事なのでなんと呼ばれても大丈夫ですよ。

(2002.04.26－よしもとばなな)

チで読むつもりでーす。去年の夏も、パラオの同じホテルに宿泊したのですが、そこで飼っているフルーツこうもりの子供の可愛《かわい》さに、めろめろになってしまいました。その子ったら自分は食事中なのに、その前を通ると口の中のものを、ぽとーん！と落として「遊んで、遊んでー!!」と近づいてくるんです。うぅ、思い出すだけで涙がでそうです。パラオの青い青い、空と海を楽しむのももちろんですが、そのこうもりに会うのも、今回の旅の大きな目的です！　再会は嬉《うれ》しいけど、また別れるのが辛《つら》い……。

ばななさんは、旅先で動物との思い出、ありますか？

(2002.04.17－マイマイ)


しかもベリーロールの形で来るんだよね、下から。

旅先では、ランカウイで一匹の猿に「とおして」と言ったらなんだか学園ドラマか時代劇の画面のままにボスがふらっとでてきて、まわりに手下がぞろぞろ出てきて、道をふさがれました。そして私はこわかったので「おぼえてろよ」と言ってＵターンしました。本当にこういう時っておぼえてろよ、って言うんだなと思いつつ。

(2002.04.18－よしもとばなな)


こんにちは。

完璧《かんぺき》をめざすことと、決して妥協しないことの違いはなんでしょうか。物事を成すには「完璧を日指してはだめ」だとよく言われますし、「決して妥協をしてはだめだ」ともよくいわれます。

ばななさんの小説は、心構えとして、どの点で完璧から遠ざかり、どの点で妥協を許していないといえるのでしょうか。「力まず、たゆまず」ということでしょうか。

トップに一番近いけれども代表ではない補佐役、という２番目の位置が好きなんです。でもこのことを彼に言ったら、「それはトップになって負う責任を逃げてるんじゃないの？」と言われました。ん～、そうじゃないんだけどなぁ～上手《うま》く言えないなぁ～と思いつつ、でもホントはそうなのかも。と思ったりします。それでも、私には補佐役が向いていると思うので、自分の好みがはっきりしているのは悪いことではないでしょう、と彼には言っています。

ばななさんは、なぜ２がお好きなのですか？　２という数字に、どのようなイメージをお持ちですか？

(2002.04.17－メルー)


くだらなくて言いにくいけど……小学生の時に田淵《たぶち》が22番で、さらにドカベンの殿馬《とのま》も２だったからだった……ような……。その人たちが好きだったんですね。

(2002.04.18－よしもとばなな)


ばななさん、こんにちは。

先日の日記で、ラブちゃんの「潜水艦のようにテーブルの下から現れ、コロッケを１つつかんで沈んでいった」行動に大笑いしちゃいました。ほんと、潜水艦ですよね！

私の実家の犬も全く同じ技を何度も披露してくれました。結婚前、主人が私の両親に結婚の承諾をもらいにやって来た時、母が準備してくれたごちそうを、同じやり方でしかも口に入るだけつめこんで、沈んでいきました。あっという間の出来事に一同呆然《ぼうぜん》、料理はめちゃくちゃです。でも緊張気味の場を大笑いさせてくれました。

話は変わります……。私、来週から旅行に行きます！　場所はパラオです。「yoshimotobanana.com」を持っていって、ビー

(2002.04.16－よしもとばなな)


こんにちわ。はじめまして。うみと申します。沖縄に住む、ばななさんの新刊が出たらどんなにお金が心配でも絶対買ってしまう、懲《こ》りない女です。先日、このＨＰの本も買いました！

先月、ようやくこのＨＰの存在に気づき、何だか悔しかった……。その後はほとんど日参してます。

勇気を出して、ようやく質問です。私は、「もし、私がインタビュアーだったとして、インタビューしてみたい有名人は誰か？　また、どんな質問をしたいか」を考えるのが結構楽しかったりするんですが、ばななさんはインタビューしてみたい人っていますか？　ちなみに、私はばななさんと、喜劇王チャップリン、坂本竜馬《りようま》だったりします。既になくなった方でもいいです。教えて下さい。インターネットを介して、こうして質問できるのが嬉しいです。

今後も時間があれば、質問していきたいです。よろしくお願いします。

(2002.04.17－海美)


いつでもどうぞ！

私はやっぱりバロウズにはしてみたかったですね。作家として。もう亡《な》くなってしまいましたが。あと、ロバート・フルフォードさんというオステオパスにもいろいろ聞いてみたかったです。

(2002.04.18－よしもとばなな)


ばななさん、こんばんは！

ばななさんの好きな数字が２だと知って、同じく２好きの私は結構嬉《うれ》しい気分満点です。私の２好きは、２番目が好き、という理由からきているんです。例えば、「副」委員長みたいな、玄関へ。止める家族を振り切ろうとし、弟にはがいじめにされ、意識を半分失い、気がつくと救急車が来ていてストレッチャーの上に寝かされ病院へ直行でした。もうろうとした意識の中「救急車って、乗り心地いいな」と思っていました。病院へつくとまさにＥＲの世界。服を脱がされ、尿道にカテーテルを入れられた。後は、何されたか覚えてないなぁ。

ばななさん、救急車乗ったことあります？　やけっぱちになって、若さゆえの過《あやま》ちを犯したこと、ありますか？

(2002.04.15－ゆかっち)


ありますけど、やっぱりまわりが大変だし、その時間に本当に死にそうな人が乗った方がいい乗り物なので、気をつけましょう。

(2002.04.16－よしもとばなな)


ばななさん、こんばんは。

毎日楽しく拝見しています。

何気なく読んでいるＱ&Ａのコーナーですが、本になって、まとめて読んでみると、なんとなーく世界の秘密がチョット見える感じです。人生のコツのような、困った時に役立ちそうな。

今日このページに来た時に、カウンターが222220番でした。それにちなんでの質問です。

ばななさんの好きな数字はありますか？　それは何番ですか？

番号で縁起なんて担《かつ》いじゃいますか？

わたしは３月生まれで、３と言う数字が好きで、マークシートのテストなんかで迷うとすぐ３番にしちゃいます。

(2002.04.16－ピノコ)


私はやっぱり２が好きです。うそじゃないよ。

うございました。

さて、「虹《にじ》」の発売を心待ちにしている今、質問があります。

小説の内容に関して聞かれることはお好きですか？　「あれはこういう意味ですよね？」とか。

私は、どちらかと言うとあまり深く考えず、思ったことをそのままそうだと受け止めます。あまり深く考えない時が、一番自分に響いている気がします。ま、あとでごちゃごちゃ思い返す事もしばしばだけど。

作家やミュージシャンの方とか「それぞれの受け止め方でいい」と言うかたがいますが、小説の内容（特に人物の心情とか）を誤解されて悲しかったことなどは、ありますか？

(2002.04.14－梢)


けっこう苦手です。だってもう書いたのに、また考えるなんて……でもたいてい一生懸命でいい人が聞きに来るので、がんばって答えます。でも私が書いているという感じで書くことがあまりにも少ないので、答えられないっていう時もありますね。あまりにも違うふうに読んでいると「そういうつもりではなかったけど、そう読まれてもいいっすよ」と思います。

(2002.04.15－よしもとばなな)


ばななさん、こんばんは。

私はおととい生まれて初めて救急車に乗りました。原因はお酒と睡眠薬を飲んだからです。

死ぬつもりはぜーんぜんなくて、何を考えてそうしたのか……すごく頭にくることがあって、ひたすら「このやろー」と思ってそうしたみたいです。

記憶って本当になくなるんですね。すごく暴れまくり、足取りもおぼつかず転びまくりながら、なぜか「コンビニへ行く」とのことっていうのは「無償」という文字さえ頭に浮かばないっていうことだと思うんです。

そしてプロフェッショナルということと「大金」は結びつかないけれど、同じくらいに「無償」も結びつかないと思うんです。

ボランティアをむつかしく考えると大変ですが、近所の人のためにちょっと様子をみてあげるとか買い物に行ってあげるとかも含まれますし、自分のできることを余裕のある範囲でやって、さらにやる気がでたらプロになってお金を取るというような感じが、今の私の考えというところでしょうか。

(2002.04.04－よしもとばなな)


こんにちは、はじめまして。

ばななさんのサイトがあるって知って飛んできました。16歳の平々凡々な毎日を送る男です。ばななさんの書く「死」が好きです。

昨日失恋しました。ふられました。「死にたい」なんてはっきり思ったりはしませんでしたが、「死んでもいいかな」ってちょっと思いました。その大恋愛をここに綴《つづ》って御迷惑をおかけする事はしませんが、質問させてください。「死にたい」とか「死んでもいいかな」って思った事ありますか？

(2002.04.04－音治郎)


ありますよ……それが人生……。

でも大丈夫、16歳はふられるためにある年齢さ！

って書かれても気楽になれないと思うけど、これからまだたくさんの女の人に会うんだからさ、とっておかないと。

(2002.04.04－よしもとばなな)


先日は質問にこたえていただき、うれしかったです。ありがと

ら気持ちよくお礼を言って、お金が入ったらおごってあげれば、大丈夫だと思う。長い目で見れば。

(2002.04.03－よしもとばなな)


ばななさんこんばんは。

先日のメールで、人が癒《いや》されることについて書かれてありましたが、あの回答文を読んでいて、私は、分裂病なのですが、ばななさんの文章が、あまりに的確で、まさにそのままだったので、すごく感心してしまいました。今の私は、かなり精神状態も安定し、好きで、なおかつ向いている事務の仕事をパートという形でやっているので、時間的にも、精神的にも、ゆとりがあります。

私は、問診とお薬をもらいに、かなり田舎にある精神病院に通っていて、長く入院していたとき、スタッフの方々や、その病院のある環境や、地域の人々のやさしさに恵まれたので、その病院に行くと、帰りしなに、自分の出来る小さなこと（ボランティアみたいなこと）をやろう。という気持ちになるのですが、私の考えるボランティアとは、自分に、ゆとりがあって、ただ自分がやりたいからやっている、ということのように思います。そこに、何かしらのみかえり（感謝されることを望んだり、自分は良いことをやっているんだ、と満足したり）を期待してしまうと、それはただの偽善のように思います。私は、いつもボランティアと偽善の二文字につまずき、本当に、私に何かできるのだろうか？　というところでとどまってしまいます。

ばななさんは、ボランティアと偽善についてどのように思われますか。お聞かせ願えたら嬉《うれ》しいです。

(2002.04.04－たけ)


無償のものって一見すばらしいことなんだけれど、本当に無償

(2002.04.01－a－co)


うちの親と姉は本気でバイトのなっつくんの両親をだましていました。お菓子の包みのなかは空、とかゆで卵だといって生卵を渡すに始まり、姉が婚約したとか、なっつが女を妊娠させたとか、ありとあらゆる嘘《うそ》をついていました。こわかったです。

(2002.04.02－よしもとばなな)


ばななさん、こんばんは。

以前の質問で勧めていただいた本が今日日本から届いたので、このホリデー中に読んで、少しでもわかりやすい日本語がかけるように勉強しようと思います。

今回もそうなのですが、いい年して(28)、親にものを送ってもらったり、学費をだしてもらったり悪いなーと思うんです。そのくせ、親を喜ばすことが少ないというか、ゲイなので結婚したり、将来孫を見せたりとかできないので、「自分だけが楽しんで、親を楽しませることが十分できてない。」と思うんです。

金銭面はいずれどうにかなるとして、他にどんなことができるでしょう?

(2002.04.02－袋鼠《ふくろねずみ》)


あなたが本当に楽しくて親に優しければそれが楽しさです。28ならまだ金銭面は当然だし、絶対に自分を責めちゃだめだよ！

ほとんど同じ顔の女が歩いていて「うわ～ブス」と思う場合と「変わった顔だけどいいな」と思ってしまう、その違いは本人の意識の違いだと思う。そのくらい、本人の意識の持ちようが相手に瞬時に伝わると思う。

だから親に会うときはいつも誇り高く、ものを送ってもらったあるんです。そのネットは何で形成されているかというと、ちょっと宗教っぽいですが、自分が自分を認めたり、人や世の中や動物や植物などに与えた愛情で作られているんです。

なので、与えることは自分を救うことと宗教がといているのは間違いではないんです。お母様のことはよくわかりませんが、たぶんその安全ネットが少ない状態におちいり（与えていないという意味ではなく、自分で自分を認められないということ）季節が悪い今、季節に押されてそうなってしまったのかもしれません。着実に、自分を認め、網の層を厚くしていくこと、それが癒《いや》しのシステムだと思います。

(2002.04.02－よしもとばなな)


初めましていつもばななさんの本を読んで、その世界にどっぷりとはまらせてもらっています。

さっき友達からつきあっていない相手に子供ができたというびっくりメールが届き「あらら」って感じでやりとりをしてたんですが、途中で「ごめん！　もう無理……去年の仕返し」だと!?

あたしは全く意味が分からずふとカレンダーを見ると4/1、そう！　エイプリルフールのウソだったのです。

毎年あたしの周りではこの日になると、どれだけ友達を騙《だま》せるかと必死なんです。あたしとした事がすっかり忘れていてマンマとひっかかってしまいました。悔しくてまた違う人を騙す、その繰り返しです。

あくまで、ジョーダンが通じる相手に限りますが。

あたしはかつて、友達が飼っていた猫が死んだと聞かされ夜中に大泣きした事もあって、しかし周りは大うけという悪友に囲まれ暮らしております
ばななさんは、エイプリルフールの思い出ってありますか??

ばななさん、こんにちは。よいお天気で、眠さ満開です。花粉症はいかがでしょうか？

さて。質問です。

４年以上前から不安神経症という精神を患《わずら》っている母が、先週、人生で４回目くらいの自殺未遂を図りました。精神科で出されている薬をアルコールで服用したのですが。（ちなみにかみそりも近くに置いてあったので、もしかしたら手首も切ろうとしてたんじゃないかと思います。）

で、うちの母の姉、つまり私の伯母（と言っても私が生まれる前の話なのですが）も自殺で亡《な》くなっているのですが、精神病や自殺を繰り返す遺伝子は遺伝すると思いますか？

そしてもうひとつ。ホントに精神的な病気が治る、癒《いや》しというのは、自分が生きていることを自分で受け容《い》れられることだと思うので、本人がそういう風に思えるようにならない限り、永遠に治らないような気がしているのですが、その辺はいかがでしょうか？

私自身は精神病や自殺の血は遺伝しないと思いたいです。ちなみに母はかなり状態は悪いですが、命に別状は全くありません。

では。新しく出る本も楽しみにしています。

(2002.04.01－￥ＥＮ)


大変でしたね。でもうちも分裂病や神経症や自殺の宝庫ですよ。今、共に、素直に認めるところは認めよう。それが遺伝なのか環境のせいなのかどうかはわからないが「深く考えすぎたり、神経が過敏な傾向にはある」と。でもそれと自殺はまた別の問題だと思います。自分が生きていることを受け入れるには何段階もの段階があるような気がします。ある段で受け入れ損なっても、その下にまだ網みたいに何重にも安全のためのネットが嫌になるときはないです。

(2002.03.30－よしもとばなな)


ばななさんはじめましてこんにちは！　最近このサイトを発見して、さっそく質問を書いてみました。

私はただ今就職活動まっ最中の大学生です。先日、あるセミナーで「自分が好きでやっている事と、やりがいのある仕事は違う。自分で楽しく歌って満足している歌手は、アマチュアだ。そんなんじゃプロにはなれない」というような話を聞きました(わかりづらくてすみません)。私はやっていて楽しい事を仕事にしたいな、と思っていたので、ぐふう～という気持ちになりました。

ばななさんも、文を書く事を仕事にする前と現在とで書く事に対する考えは変わりましたか？　また、どういう時に仕事のやりがいを感じますか？

それと、ちっとも関係ない話ですが「１・２の三四郎」の中でどの場面が好きですか？

私は体育祭（？）の日にしのちゃんが三四郎のお姉さんとお弁当をつくるところが好きです。

では、おげんきで～～～!!

(2002.03.29－マメ)


プロとアマ、それは技術の違いではなくて意識の違いだと思います。楽しくても意識がだめだったらアマですし、楽しくなくても意識がプロならプロです。プロはプロを見たらプロとわかります。そして選択は自由です。

三四郎では、２の方で、洗濯機の中におかまが入っているところが好きでした。

(2002.03.30－よしもとばなな)

二度目送りました。ばななさんの小説にもいつも、私は励まされたり、気付かされたり、ほんとに〝もーキツイ〟というときに心が軽くなります。ほんとに、感謝でございます。

そして、私はばななさんと誕生日が一緒です。とーっても光栄です。

そして質問です。恋が長続きする秘訣《ひけつ》ってなんだと思いますか？

(2002.03.29－さば子)


なんだと？　なんだか損した気がするぞ（嘘）。

よかったですね！

長続きする秘訣はほどよい距離感をちゃんと時期ごとにさぐっていくことだと思います。三ヶ月くらいで一回シフトして、一年くらいでまた……って感じにいいふうにお互いの形を変えていくことと、その感じが一致していたら、長くなると思います。片方だけいつまでも熱いとか、片方がすごく嫉妬《しっと》深いとむつかしいですよね。

(2002.03.29－よしもとばなな)


初めてメッセージを送ります。

いつも吉本先生の書く物語に励まされています。パソコンで文字を打つのがあまり得意ではないのですが、どうしても聞きたい事があってメールしました。

〈先生に質問です〉
☆先生が小説を書き終わって一番最初に思う事は何ですか？
☆書くことが嫌になる時がありますか？
(2002.03.29－ティアラ)

ああ〜疲れた〜、もう見たくないダスと思います。

とふんで私信）。

（2002.03.28－よしもとばなな）


こんにちは！

「ひとりぐらしがしたい」にウケてしまいました（笑）。

で、何度目かの質問です！

ひとりぐらしということは……亀《かめ》Ｂくんは、気づくと一人別の部屋にいたりするのでしょうか？

孤独を愛する性格とか。

（2002.03.28－カヤ）


亀《かめ》ＡとＢは、壁が薄い長屋に住んでいて、Ａは退屈すると壁を押しのけてＢの部屋に侵入してくるのです。で、気ままに彼のごはんをつまんだりしていて、それがいやみたい。

（2002.03.29－よしもとばなな）

こんにちわ！　二度目の質問箱です。
一度送った時に、好きな人の気持ちわかりますか？　みたいなことを送ったんですが、そのときの精神状態は、もー恋している相手に好きだって伝えないとつら～いって感じで、でもちょっとこわ～いという感じもあり、尊敬してやまないばななさんに、メールを送ったのですが、ばななさんからの返事はなく〝暗さただようメール送ってしまったもんな、のるわけないよな〟とか思いつつ、〝好きな人の気持ちなんて、好きな人本人に聞く以外方法ないしな〟と、ほんとに自分自身気が付いてしまい、おかげで、その好きな人に〝告白〟をしました。そうしたら、その人も私を好きだということで、もー今ウッキウッキなんです☆
それで、決心するきっかけになったばななさんに感謝したくて、のたまのしわ」がいつも思い浮かびます。特にしんとしたところにいるとき。

(2002.03.28－よしもとばなな)


こんにちは、ばななさん。大分前に一度投稿し、お返事を頂いて狂喜乱舞した広島のおきよと申します。勇気を出して２度めの投稿です。

私は去年の３月末で９年間勤めていた某楽器店を辞め、今月から某アパレル業界に再就職しました。そこで質問です。

ばななさんのお好きなお洋服のブランド、または良くご購入されるお店がありましたら、是非教えてください。重ねて、どんなスタイルがお好きですか？

も１つ重ねて普段はどのようなスタイルをされていますか？

あ、最後にばななさんが「こういう店員さんがいるなら、もう一度足を運んで良いなぁ」と思える店員さん像を教えてください。

何だか質問攻めにしちゃいましたね。すいません。

(2002.03.27－おきよ)


私の服は９割がギャルソンで、しかもローブのほうです。で、普段着は９割がハリウッドランチマーケットかオクラです。店員さんは、ちゃんとその人の普段の顔がわかる感じで、客がいる間は店の人同士立ち話をしないで、客とどんなに楽しくおしゃべりしていてもちゃんと会計をおろそかにせずちゃんとカードや現金を確認しながらやりとりできて、もしもサイズ違いだったらちゃんと「もうひとつ下（上でも）が合うと思う」と言って買うのをやめさせてくれる人。この世にはサイズが合ってない服を売ろうとする人が多すぎる。

その点ギャルソン時の中村さんは完璧《かんぺき》でしたよ～（読んでいる

がとう!!

ところで私は、ものすごーく落ち込んだ時期があり、どのような意気込みと姿勢でこれから生きていったら良いのか、さっぱりわからなくなった時がありました。その時に、ばななさんの「キッチン」を読み、オカマのお母さんの強烈に強く明るい生き方に励まされて、生きる力と勇気をもらいました。ばななさんの素晴らしい才能とセンスには、いつも感動してしまいます！　ばななさんは、ああ、この登場人物が私を支えた！　というような小説や映画の人物がいますか？

(2002.03.26－ファニーバニー)


いれます。ドン・ファン（カスタネダの）。それから今はなんといってもミルクチャンですね。

(2002.03.27－よしもとばなな)


私は、以前ばななさんがここで書かれてた「股《また》のかわくひまもありませんな」というフレーズが何故《なぜ》かとても心に残り（ツボにはまったのでしょう）、以来、仕事中でもふと「股のかわくひまもありませんな」と浮かんできて心をフフッとくすぐります。

他にも、中学生の時にみんなで運動会のテーマを考えてたら、N君が「のっとれ社長の全財産」と紙に書いてたのをたまーに思い出し、またまた心をフフッとくすぐります。

ばななさんの心をフフッとくすぐるようなフレーズは何ですか？

(2002.03.27－ジャイ子)


すげ〜、中学校の運動会のテーマでそれ？

私は、奈良君が授業中に思いついたという名回文「わしのまた先日、文系の私が理系の人々と３人で話をしていて、あぁ！と思ったことがあります。

理系の２人は、新しい発見をして世界の仕組みを明らかにしたいと思っていて、文系の私は、人間や社会の動きから世界の仕組みを明らかにしたいと思っていることが判明したんです。ということはつまり、フィルターやアプローチは違うけれども、みんな実はある一つの共通の「世界」を見つめていて、それを明らかにしたいと思っているのかも！　と思ったんです。そうなると、思想が違う人同士でも実は同じ世界を見つめていたりして……ステキ。と思えてきて、とても優しい気持ちになったりします。でも反対に、実はそんな世界なんてものはどこにもなくて、人々は永遠に分かり合えないのかも……と、時々絶望的な気持ちになったりしています。

ばななさんは、そんな共通の美しい世界があるとお思いになりますか？

私は、ばななさんの小説を読むといつでも、私の心の中の風景を描かれたような気持ちになります。だから、みんなが実は一つの美しい世界を見つめているって思いたいです。

(2002.03.26－メルー)


絶対にあるだろう、きっと。と思います。アプローチの違いに寛大になれて、自分にとって意に添わないことにちゃんとノーを言えて、かつうらみをもたなければ、かなりいいところまでいけるのではないかと。

(2002.03.27－よしもとばなな)


こんばんわ！　昔の友達とのことで、質問にお答えいただき誠に有難うございました！　なんだか随分とすっきりして、昔のことに対してブルーな気分にならなくなりました。本当にありばななさん！　元気になってきてよかったです！

しかし、日々回復に向かう様子の日記を、例えば本になったのをまとめて読むんじゃなくて、日々少しずつアップされているのを読むというのはなんとも味わい深いことでございます。われわれは生きているのだなあという感じです。われわれ！

ところでこの前このコーナーで、犬とばったり会って「ああ、きみは」ってお互い思ったというのがめちゃくちゃおもしろかったです。安易な擬人化がお嫌いだというばななさんが言うから凄《すご》みがあって、そりゃあきっとものすごい光景だったのだろうと思いました。なんかのCMの映像みたいな迫力です。

そこで質問です。

スヌーピーはチャーリー・ブラウンのことを「丸頭の男の子」と頭の中で思ってますが、僕はうちの猫に「あたしの座ぶとんちゃん」て思われているのではないかと思います。そのくらい四六時中乗っかって来ます。ばななさんは犬や猫や亀《かめ》からなんと思われていると思いますか？

(2002.03.25 - ドリオ)

犬A「かまってかまって」
犬B「足の上で寝かせないとうんこするよ」
猫A「めし〜」
亀A「手をかじらせてください」
亀B「ひとりぐらしがしたい」
全員に実際聞いてみましたが私に対するコメントはなかったです。
(2002.03.25 - よしもとばなな)

ばななさん　こんばんはー。

方向を変える……がんばるつもりです。

ばななさんは、力ずくで何かを変えよう、と感じたことはありますか？　占い師に恐《こわ》いことを予言されたらどうしますか？

(2002.03.24－カンフーハムスター)


出鼻をくじくようですが、変えよう、と思ってしまう時点ですでにむつかしいのが常です。つまりその力みこそが実現をはばむのです。力を抜き、どうでもいいと思おう。

おそろしいことならいくらでも言われましたが、なんとはなしに受け止めてきました。

(2002.03.25－よしもとばなな)


ばななさん、こんばんは。私は韓国に非常に興味があり、今年の四月からハングルを学ぼうと思っています。一昨年は韓国の釜山《プサン》に行き、向こうの学生さんと少し交流してきました。とても楽しかったです。

しかし、韓国と日本はやはり、過去の歴史というものがあちらこちらで登場してきます。反日感情というものが年輩の方々にかなり根強く残っているとも感じました。一体どうしたら、日本と韓国の人々がお互いに気持ちよくお互いを受け入れ、理解し合い、思いやり、不信を抱かず関係を築いていくことができるのでしょうか。ばななさんは、どう思われますか。是非、意見を聞かせてください。

(2002.03.24－hinatabokko)


自分が知り合いになった個人に個人として思いをつくし、相手の日本観を少しでもいいほうに持っていくことではないでしょうか。

(2002.03.25－よしもとばなな)

が。説明へたですみません。

ばななさんは、どんなかんじですか？

(2002.03.18－ゆきちゃわんむし)


孤独と寂しいは違いますが、外国のホテルで意にそわない状況でひとりになったりすると感じるものは多分寂しさです。そして、孤独とは、全く自分の考えが周囲に届かない精神状態ではないかと思うのですが、深い意味での孤独は、それともまた違う気がします。孤独はすばらしいものだと思います。死ぬときも生まれてきたときもひとりって、すごいことだと思います。それを思えばなんでもできるというくらい。

(2002.03.19－よしもとばなな)


ばななさん、身体の調子はいかがですか？

このHPを楽しみにして訪れる皆が心配して早く元気に！　と祈ってるのでパワーをどんどん吸い取ってください。

今日、関西で最も有名だという占い師のところにいきました。この時点で何かが暗い影になっていますが、結果はもやもやと思っていたところを大きく「？」と書かれたかんじで……私自身の決断はかえるつもりはないのにそれはだめだ！　と言われ散々でした。結局、誰かに「大丈夫だよ、このままで！」って(口をあけてたらぼたもちが降ります、とまでいかなくても)いってほしいだけですね。そこが甘い、そこがずるい！　……はーあ、解《わか》ってはいるものの……私が占い師だったらいいことばっかり言って、全員に暗示をかけるのになあ、とちょっとだけ思いました。

ひとつだけいい話をきいたので書きますが、運命って命を運ぶって書くとおり、決定しているものではなく、何かのきっかけで違う方向に進んだり方向を変えたりできるものだそうです。

うやって付き合っていけば良いと思いますか？　ばななさんの意見を是非お聞かせください。

(2002.03.16－水海)


そういう意味では全然寂しいと思ったことないです。深く深く自分を掘り下げていくと、歴史上に、あるいは同じ仕事をしている人の中に、全く同じ地点にたどりついた人を発見することがあります。実際会ったら気が合わないかもしれなくても、そこまで同じものを見たと思うと、孤独も消えるというものです。そして、自分がふたりいたらぞっとしちゃうな、と心から思います。違うから救われる事っていっぱいあります。

(2002.03.16－よしもとばなな)

ばななさん、はじめまして
毎日のように、このページで、ばななさんワールドを堪能《たんのう》させていただいています。ありがとうございます。

さて、先日、孤独という言葉が出てきていましたが、ばななさんにとっての孤独とはどういうものですか？　私はいつも、孤独という言葉に、ピンとこないのです。

私は、独りで山にこもらされても、それなりに楽しめると思うのです。が、いろんな人が口にする、孤独という言葉には、もっと深い意味があるのでしょう。底しれない自分の中を旅できるのは自分だけ、というような意味なのでしょうか？　この果てしない宇宙の中の自分、みたいなことなのかなあ。

ああそうだ。ずっといなくちゃいけないのかなあ、と思うと寂しい気がします。魂は死なないと思っているので。あるいは、ある意識状態で、自分しかいないとかんじたときの恐怖みたいなものとか。説明しにくいのですが。

これを孤独というのなら、私にはいちばんしっくりくるのですて、それ以来謙遜《けんそん》することが、私の美徳となりました。しかし、自信のなさは人と付き合っていく上では、大変に障害となるものでした。付き合っていた人を、なぜか信用しきれず、破局へと向かったのも、私の自信のなさによる所が大きかったんだと今は思います。自信とは、どのようにしてつくものですか？自分がなしえたことを、どうすればすごいことだと感じるのでしょうか。明らかに相談ぽいですが、どうしても聞きたくて。ばななさんの、自信に対する考えを聞かせてください。

今回の風邪はしつこいです。ばななさんもお体に気をつけてお過ごしくださいませ。

(2002.03.15－もん太)


自信は、自分を好きになって、「きっと自分ならなんとかするだろう」って思っているとつくと思います。自信がないっていうことは、つまり自分を過大評価しているのに、本当にいいところは評価してあげてないっていう状態だと思うんです。だから、自分のいいところ（こうなりたいとかありたいじゃなくって、すでにあるところ）をちゃんと評価して過ごすと、いつのまにかついてくると思います。

(2002.03.16－よしもとばなな)


ばななさん、はじめまして。

私はばななさんの作品がとても好きです。初めてばななさんの作品を読んだときのことは今でも覚えています。あれはまさに驚きでした。同じ目だ!!　と思ったんです（苦笑)。嬉《うれ》しかったです。

人は同じような価値観や感受性を持った人と出会うことは出来ても、自分は自分しかいないですよね、ただ独り。そういう悲しさ、寂しさ、底なしの想《おも》いはどうやって満たす、もしくはどばななさん、こんにちは。

今日、犬を連れて獣医さんのところに検診に行ったら、人間の食べ物をあげていることを怒られてしまいました。わたしたち家族は、愛犬をもう同じ生き物として同等にしてしまっていて、それは大変いけないことらしいのです。

ばななさんは、おうちの犬たちに、どのようにしつけなどをされているのでしょうか？　何となく、かなり気になります。同じ生き物としての犬を、どう扱うべきか……。

(2002.03.11－れい)


味付けだけは塩分を抜いてあげた方がいいですが、私はドッグフード反対派です。だって同じ生き物なのに、生命力がない食べ物では万全ではないだろうと思うんです。よく獣医さんとぶつかりますし、旅行中はどうしてもフードに頼りますが、基本的には手作りです。

犬には、自分がリーダーであることを、ちゃんとしめしてあげるのが優しさです。

ムツゴロウさんの本はまじで役にたちます、しつけのしかた。

(2002.03.13－よしもとばなな)


ばななさん、こんにちは。いつも楽しく拝見しています。

私は現在就職活動中なのですが、どこぞの就職塾の、面接の無料体験講座を受けに行って、大勢の前でいきなりスピーチをする体験をしました。講師の人から、「とても自信のなさを感じる。緊張とかじゃなくて、内面の弱さでは？　普段から大声でしゃべる習慣をつけてかないと」というような事を言われ、あー、わかるんだ。と思いました。私は自分に自信がなく、人に自慢できるようなこともぐっと飲み込んでしまう性格です。自己主張の強すぎるのを、小学生くらいの時親や教師に注意されが多いのよ～！

(2002.03.06－もよこ)


「なんで来たの？」とか「なんでそんなよけいなことしたの？」とかいうしゃべりかたをしない人。質問を流さないでちゃんと聞いてくれる人。痛そうな人と元気そうな人を一緒に扱わない人。その人や家族の前で軽々しく生死の話をしない人。

(2002.03.08－よしもとばなな)


こんにちは。春ですねー。頭に花が咲きそうです。

この間ちょっとへこみぎみのときがあって、でも「体は全部知っている」の「田所さん」を読んで寝たら治ってました。「やめて、田所さん、もうっ、せつないー」とぐしょぐしょ泣きながらの読書でした。涙と一緒に心にたまってた老廃物が出ていったのかな、と思います。

さて質問です。一ヶ月くらい前にこのHPを知って以来しょっちゅう楽しませていただいているのですが、どうしても気になって仕方がないことがあります。気になって我慢できないので聞いてしまいます。

あの、ヒロチンコさんはどうしてヒロ「チンコ」さんなのでしょうか？　私が何かそこらへんのことを見逃しているとかでしたら申し訳ないです。

では、ばななさんの作品をこれからも「心のホッカイロ」として読みつづけていこうと思います。花粉症お大事に……。

(2002.03.08－ちひろ)


やっぱり男だからでしょうか……。

(2002.03.09－よしもとばなな)

質問なんですが……。

ばななさんの本は、色々な国で出版されていますよね？　それは、色々な国の言葉で書かれているということですよね？　訳をする方によって、ニュアンス的なものが違って、もとの作品と違う印象の本になってしまうことはないのでしょうか？　それとも、色々な国の風土によって、違うニュアンスであるからこそ伝わるということもあるのでしょうか？　作者の方は、他の方が訳された自分の作品に関して、どう感じるのですか？

……なんだか、不躾《ぶしつけ》な文章になってしまいました。申し訳ありません。

(2002.03.06－ameko)


そうとう違うやつもある気がするけど、よくなっているのもあるかもしれないし、きっと大きな意味では伝わっているのでしょう、外国の方の感想など読んでいるとそう思います。

(2002.03.08－よしもとばなな)


ばななさん、はじめまして。

わたしは10日後に国家試験を控えた、医者の卵（まだ受精もしてないって感じですが……）です。

ばななさんのエッセイを読むと、小さい頃目が見えなかったとか、ヘルペスに襲われてゾビラックスウーマンになっていたりとか、花粉症であるとか、わりと病院関係に縁のある生活を送ってこられたように思います。

そこで質問です。ばななさんにとって、「いいお医者さん」とはどのようなものでしょうか。

最近、医療過誤やその隠匿《いんとく》などで医療従事者にあまりいいイメージをもたない人が増えていて、せつないもよこでした。ろくでもない人も確かにいるけど、額に汗して一生懸命なドクターびっくりしたところです。

うちの犬はずっと外で飼っていたんですが、容態が悪くなってからは真冬だったこともあり、部屋に入れました。あっちは不慣れな環境に不満だったかもしれないけど、私には大好きな犬と寝起きする体験は素晴らしいものでした。そんな余命わずかな犬のそばで、ばななさんの作品を読んでいました。ただ文章をたどるだけでザワザワした不安な気持ちを落ちつけてくれ、ばななさんの文章って不思議だなぁ、こんな時にばなな作品があってよかったなぁ、と心から思いました。

で、質問です。ばななさんは、このモンゴル伝説をご存知でしたか？　あと、私は宜保《ぎぼ》愛子さんに、あなたのそばには犬がいて、こっちを見てしっぽを振ってるわよ！　と言われてみたいなぁ、と思うんですが、ばななさんはいかがでしょうか？

ではこれからも応援してます。

(2002.03.04－ハチ姫)


知りませんでした。じゃあモンゴル人には犬だった人がいるのか？

でも台湾のなんとか族の本では犬と人が結婚していたし、なんでもありですね。

それにしてもそんな時に役立ててよかったです。

宜保先生には言われましたよ、その時に飼っていた、今は死んでしまった犬のことを。

「あなたはいつも荷物を置いてすぐに出かけてしまう、もう少しゆっくりすればいいのに、って心配してるわ」って。

書いている今すでに涙目です。

(2002.03.06－よしもとばなな)


はじめまして。いつも、作品楽しませて頂いています。

それだけ愛されれば、おじいちゃんも絶対に幸せだったと思います。愛する勇気っていうものは本当に貴重なのだと思います。逃げるのは簡単ですからね。

私まではげまされました、ありがとうございます。

いただいた力は小説で還元します!

あとは、年輩の人が、こちらがはらはらするような場面でもどっしりしていてユーモアを忘れなかったりすると、人間って強いなあと感じたりします。

(2002.03.02－よしもとばなな)


ばななさん、こんにちは。

「このお酒はおいしかった!」という思い出はありますか。お酒自体がおいしいというだけでなく、お酒を飲んだ状況を含めてお聞きしたいです。

(2002.03.02－かりんとう)


あるある。話がはずんで、自分のテンポで飲めるとき。

あとはやっぱり波照間島《はてるまじま》の浜で一日中宴会した時かな。勝手に景色が変わってくれるからあきないし、あきないから飲んでも飲んでも酔わなくて幸せでした……。最後は秘書の慶子さんと屋上で星見てから寝た。その全《すべ》てがすてきでした。

(2002.03.03－よしもとばなな)


ばななさん、こんにちわ。

先日、雑誌の映画評を見ていたら、ある作品の解説に〝モンゴルでは死んだ犬は人に生まれ変わるという伝説がある〟とありました。去年、飼っていた犬が死んでしまい、その犬が生まれ変わったら(←もちろん犬として……)また巡り合えたらいいなぁ、と思っていたので、モンゴル伝説では次は人間か……とためにどうしたらよいのかを相談したものです。ごめんなさい。変なこと質問して……。なんとなくばななさんの本を読むとやすらぐので、そんなこと聞いちゃったのですが。

ばななさんのお答えは「お祈りして、時間がやわらげてくれるから」って感じのお答えでした。今、ようやく落ち着いてきたかなと思います。なんというか、時間が普通に流れるようになったのです。それまでは１日が長くて長くて１週間前がすごく前に感じられて、現実の世界との間に溝ができてる感覚だったのです。

ばななさん、
ばななさんのお仕事はこころのお医者さんです。小説を通して、静かに強く人をささえてると思います。私は本当に救われました。「みどりのゆび」なんて、すごく読んでいてよかったなあと安心します。ばななさん、これからも生命の神秘をたくさん書いてください。植物のことも、空のことも、人間のことも。

死は避けられないものだから仕方ない、ではないのですよね。だからこそ、生きている時間をどれだけ輝かせられるか。

私はおじいちゃんの生きている時間を少しでも長く、少しでも微笑《ほほえ》みでいっぱいにしてあげたかった。でも満足できなくて苦しかったんです。もっとあんなところにもつれていきたかったなあとか……。でもこれからはおじいちゃんのことも忘れずに、自分の毎日を充実させるようにがんばります。人間は立ち直れるようにできてるのかもしれませんね。

ばななさん、どうもありがとう。

ばななさんは、人の強さをどういうときに感じますか？

(2002.03.01－はな)


このメールが充分強いです。

愛する人の死をのりこえてきたしっかりした感じを感じます。

いわけですものね。

しかし賃金が安いとわかっていて、なぜ研修まで？

そのへんの見極めはちょっと気をつけたほうがいいかもしれません。

(2002.02.26－よしもとばなな)


ばななさん、こんばんは（前回の質問ではあいさつも何もなかったので今回は)。

質問いたします。

どんな職業でも多かれ少なかれそういう面はあるのでしょうけれど、小説家、芸術家、学者、教師、などの職業の人には、会社員などにくらべて、生活における公私の区別といったものがつけにくいように思います。

ばななさんは、そのように感じておられますか？

また、公私の区別がないと疲れそうと思うのですが、ばななさんは、プロの作家としてではない自分というものが存在すると思われますか？

もし存在するのであれば、どのように区別をつけていらっしゃるのでしょうか？

どうぞお答えくださいませ。

(2002.03.01－ゆきんこ)


つけにくいよ〜。

それは永遠の難題です。もういっそつけない！　っていうのと今は個人的な自分だも〜んの中間くらいを模索しています。

(2002.03.02－よしもとばなな)


ばななさん、こんにちは。

以前におじいちゃんが死んで、ショックすぎておじいちゃんの

るのに子供を産むななんて。

絶対もっといい人がいますし、四十なんて今なら若いです。ショックは大きいでしょうけれど、わからないままいやな気持ちですごすよりも、よかったと思います。がんばれ……。

(2002.02.26－よしもとばなな)


ばななさん、こんにちは。いつも楽しみにHPを見ている読者の1人です。

今、なやんでいることがあります……聞いてください。新しく採用された仕事につこうとしているのですが、その仕事は賃金がとても安く、これからの生活を考えると貯金のない私には生活がとても苦しくなるのが目に見えています。

もちろん分かっていて応募し、採用され研修も受けて、さあこれからって時なのですが。何言ってんだ！　といわれるのは分かっていますが、家賃の更新だったり、結婚式がつづいたりと出費がかさんで、どうしようといった状態です。この気持ちのままで、ハードな仕事をやりきる気力が湧《わ》いてきません。採用を一度ことわり、お金をためて、不安をけして次の募集（他社）にかけようと考えました。決めたはずなのに年齢的（30歳）に不安があるのです。あー、支離滅裂ですね。

こんな私に勇気がでるご意見をいただければと思います。勝手きままに書きなぐってすみません。これからも、頑張ってくださいね！

(2002.02.25－はむたろう)


だから、悩み相談は受けてないのよってば～！

でも、お金が必要……これじゃ足りない……足りるところに変える、これは何の問題もない普通のことだと思います。それでも職が欲しいときや変えたくないときだけ安い賃金で働けばいうつ病は病気であって、その人が悪いわけではないのです。

私は小説を書くことやここでしか力になれませんが、生きて、読み続けてくれたらそれだけで嬉《うれ》しいです。こちらこそありがとうございます。

さて、バリですが、目に見えない命がたくさんいることが感じられるところが好きです。二回行きましたが、どちらもすばらしい旅でした。

(2002.02.25－よしもとばなな)


私は39歳、今年40歳を迎える主婦です(有職)。

という書き出しで以前、相談メールしました。子供を産みたいといって、ダンナさんに「わかれたい」と言われたことを相談させていただきましたが、やはり、あの件は続きがあり、ダンナさんには、好きな人がいたことが判明しました。「じゃあ、私には選択肢がなかったんじゃん」というオチでした。

40からひとりになるのは、とてもとてもこわいけど、がんばるしかないのかなという毎日です。仕事もこれで辞められなくなったし……。

いろいろ、ありがとうございます。人の悩みを受け止めるのは、とてもパワーの必要な作業だと思いますが、これからもよろしくお願いします。

(2002.02.25－なら)


いや、だから、ここは悩み相談のコーナーじゃないんだってば!　みんな聞いてる?

適当に答えてるかもしれないから、あてにしないでよ〜。

だって本職じゃないもん、仕事は小説を書くことだけだもん。

でも、はげまします。

そうですよ、おかしいですよ!　だって愛する妻がほしがって

(2002.02.15－よしもとばなな)


こんにちは。ずっと前に一度だけ投稿させてもらったしずくです。

その時私は、うつ病でどん底で、自殺を考えていて、その事についてどう思うかばななさんに質問しました。

その答えを読ませていただき、プリントアウトして、いつも持ち歩き、そしてあれから1年どうにかやってくることができました。本当に本当に感謝しています。生きていれば、一生関わることもないと思っていたばななさんから返事が来るようないいこともあるものだと、救われた気がしたのです。今ではなんとか立ち直り、就職も決まって卒業旅行にも行ってきました。

行き先は、「マリカのソファー・バリ夢日記」を読んで以来ずっと行きたかったバリです。

とにかく、ヒンドゥー教の素晴らしさを感じました。因果応報っていう考え方とか、神様がすぐそばにいるような感じとか、とても素敵な島だと思いました。

ばななさんは、あの旅以来バリには行かれましたか？

また、バリの魅力はどんな所だと思われますか？

なんだか長々とすみません。でもとにかく感謝の気持ちを伝えたかったのと、ばななさんのバリに対する気持ちを知りたかったので……答えていただけたら幸いです。

(2002.02.23－しずく)


こういうメールをもらうと、本当に生きていてよかった、書いていてよかったと思います。人生はつらいことのほうが多いですが、気のもちようで多少は上向きにすることも可能ですし、ただ息をして食べて出しているだけでも、いつか死はやってくるのだから、自分で自分を追い込むのは、空《むな》しいと思います。

こんにちは。このコーナーへ投稿するのは二度目になります。

カスタネダファンの佐藤です。

ばななさんも1月下旬のdiaryで書いておられましたが、いよいよカスタネダの最後の新刊が発売になりましたね。ぼくももったいなくてもったいなくて、毎日ちびりちびりと読んでいました。万感の思いを込めて。今日これから最後の章を読む予定です。ばななさんは全部読み終えましたか？

もし読み終わりましたら、感想をお聞かせください。それとも、感想は個人個人の胸の中にそっとしまっておくのが妥当かも。

それはそれで結構です。

僕の感想は……最近母の死もあり、時間についての観念が変わりました。無限が僕の頰に息を吹きかけてきます。取りあえず、過去出会った人の一覧表を作り、反復の作業に入りたいと思っています。本に書いてあること、すごくよくわかるのです。僕のプロセスと重なるところがある。……感想にはなっていませんが、小さい頃、よく宇宙や時間の無限さに思いをはせ、気が遠くなりかけたことがよくあります。そんな記憶が今ここに蘇《よみがえ》ってきました、手に触れられるかのごとく。

さあ、本も今日で読み終えます。内的沈黙に入るとしますか！

(2002.02.13－佐藤俊彦)


読みましたとも。

感動しましたとも。今回が一番わかりやすかったので、かえって複雑なメッセージを感じました。個人の人生の回想録でもあり、そして絶筆にもなっていたので「よくぞちゃんとまとめあげてから死んだ」とも思いました。最後にややこしくあがくのが人間というものだと思うけれど、彼は優しい文体で、シンプルに描きつつもちゃんとその思想体系にけりをつけた、そういう姿勢をやはり尊敬しました。

私は現在大学生なので、なるべく大学生時代の意識をうかがいたいです。……お願いします！

(2002.02.08－118)


書物という媒体にこだわっていたと思います。紙が好きだからです。欲は強くなかったですけど、しゃべりが苦手なので、書けたら効率がいいなあなんて思ってはいました。

(2002.02.09－よしもとばなな)


こんにちは。いつも会社でこのホームページを楽しく拝見しています。ずいぶん前に小人ネタで話が盛り上がっていましたよね。本当に小人と対面された方が羨《うらや》ましくって私も見たいよ!!って思っていたんです。

そしてとうとう、昨日の夜中に甲高いしゃべり声で目が覚めて、意識がはっきりしているのにその声（何をしゃべっているのかはわからない）は聞こえて、人の気配は全くなく、これは絶対に小人だ～!!　っと思い辺りを探したのですが何も見あたらないんです。で、よーく話の聞こえる方向を探してみると、私の布団《ふとん》の中に潜って熟睡している犬のピーの寝言!?　だったのです！　小人に会うことは出来なかったけれど、おもしろいものを見せてもらいました。ばななさんちのワンちゃんたちは寝言いいますか？

(2002.02.12－tomoko)


いいます、よくいろいろしゃべったり、口をぴくぴくさせたり、きゃんきゃん泣いたりしてます。大丈夫だよ～と言うと、落ち着いてまた寝ます。かわいい……。

(2002.02.13－よしもとばなな)

元彼は私の実家まで電話を掛けてきて、両親をおびえさせました。余りに酷《ひど》いので、警察に相談していることを伝えました。

その後元彼は現在の彼の携帯に電話をしてきて、今の仕事や家庭の愚痴や、私の悪口を一杯語って、落ち着きました。元彼と、今の彼は昔仕事の取引先で、元商談相手だったので、なんだか話がしやすかったようです。ストーカー行為は止《や》めてくれるようで、本当に安心しています。

今は彼が本当に幸せになるように祈ってます。

(2002.02.08－たろう)


よかったね!!!!

(2002.02.09－よしもとばなな)


こんばんは、ばななさん。

私は最近個人のホームページを開設してみたんですが、あらためて大変だなあと思いました。私が素人《しろうと》だからということもありますが、毎日更新したり、全然知らなかった人と交流を持つというのは、楽しいながらも疲れますね。このばななさんのホームページも、毎日毎日更新され、本当にたくさんの方に情報を提供されていますが、ばななさんやスタッフの方に、ありがとうございますと言いたいです。本当に。

さて質問ですが、もしばななさんが高校生や大学生のとき、またはまだ作家という地位についていなかった頃、今のように個人のホームページなどで気軽に自分の作品を発表できていたとしたら、挑戦していましたか？　それとも、書物という媒体にこだわっていたでしょうか。或《あ》るいはプロの作家として作品を発表することにこだわって、素人のうちは公《おおやけ》に作品を発表することはなかったでしょうか。そもそも、たくさんの人に自分の作品を早く見てもらいたい！　という欲は強かったですか？

ばななさん、こんにちは～。

私は下町の会社員です（よく会社帰りにもんじゃを食べに行ってます）。私も、ばななさんの作品大好きです。人生の中で何度も読み返しています。これから先もず～っと！

さてさて、実はさっきまでひどい二日酔いで、会社にいてもトイレと席との往復で仕事になりませんでした。今トマトジュースを飲んだらなぜだかだいぶよくなってきました（やっと元気がでてきたのでばななさんにメールしております）。

朝からネットで「二日酔い対処法」を調べて、ビタミン剤を摂取したり、ハーブティや水をがぶ飲みしたのに、悪くなっていくばかりでしたよ……（柿《かき》は手に入らなかったです）。年とともにほんとにお酒のぬけが悪くなるものですね。よっぽど早退しようかと思いました☆★

ばななさんもエッセイなどを拝見するとけっこうお酒を飲まれているみたいですけれど、「二日酔い対策のスペシャルレシピ」のようなものはお持ちですか？　次回（の二日酔いの機会）に是非役立てたいので教えていただけたらうれしいです！

……なんだかしょうもない質問してごめんなさい。ばななさんもお酒の飲みすぎには気をつけてくださいね。新作も、ワクワクして待っています～！

（2002.02.08－くま）


足の裏をもむ。

マテ茶（グリーン）を飲む。

（2002.02.09－よしもとばなな）


こんにちは。元彼のストーカー行為におびえていた、たろうです。無事に解決したので御報告いたします。

私が一番でぶかも……と暗くなることもあります。テレビでも、宇多田ヒカルちゃんみたいな10代らしいぴちぴち健康的な娘を見るとなんか安心しちゃいます。日本っておもしろい国ですね。

今回は体の質問です。私は低血圧で冷え性なので、いろいろ体質改善の努力をしていますがなかなか治りません。ばななさんの周りで、こうすれば効果的って方法や実例がありましたら、教えて下さい。結構つらい悩みです。

(2002.02.06－白波)


寝る前に赤ワインを一杯だけ飲む（これはきくよ）。

(2002.02.07－よしもとばなな)


ばななさんこんにちわ。

先日「体は全部知っている」を再読して、またまた感動しましたなつなつです。

言葉じゃなくて、思考じゃなくて、体からわかっていく（体はもう知っている）ってことになんだかすごく真実味を感じました。そこでばななさんに質問です。

装丁の絵というのは、小説のイメージからこの方にお願い、と言う形になるんでしょうか。それとも短編集なら、この短編のイメージから、でしょうか。とっても素敵な表紙で、たしかに小説のイメージも感じられる（「黒いあげは」とか）のですが、どっちなのか、または全然違うのかな、なんておもいました。

それでは、新作楽しみにしてます。

(2002.02.07－なつなつ)


この小説集の場合、ノブヨさんしかいない、とはじめから心に決めていました。書いている時からです。

(2002.02.09－よしもとばなな)

ばななさん、はじめまして。

10年くらいばななさんのファンで、いつもこのホームページで勇気をもらっている30歳大学院生です。

今日は、ばななさんに質問したいことがあって初メールをしました。私の夫は、３年くらい整体の勉強をして（そばで見ていてもすごくがんばっていました)、今年の11月くらいに開業を予定しています。今、開業する場所を探しているところです。マンションかアパートの一室を借りて、植物をおいて、リラックスできる空間をつくりたいと思っているようです。そこで、ヒーリング関係に詳しそうで、お店にうるさいばななさんに質問です。ばななさんは整体に行くとしたら、どんな雰囲気でどんな内装のところがいいですか？　あとこれは欠かせないと思う要素があったら教えて下さい。

新刊楽しみにしています。

(2002.02.04－サングローズ)


電気が蛍光灯でなく、窓が大きくて、植物が生き生きとしていて、できれば先生とふたりきりじゃなくて他にアシスタントなり受付の人なりがいるところ。で、そのアシスタントの人との私語が少なくて、ちゃんと体のことで、ぐちは聞かないけど相談にのってくれる感じがあるところ、です。

植物生き生きはけっこう絶対条件かもしれない。

(2002.02.05　よしもとばなな)


おはようございます、ばななさん。

最近朝食をしっかり食べるようになりました。私は164cm50キロで、特に太ってはいないかなと思うんですが、街で出会う女の子達はなんて細いんでしょう。思い込み抜きで、半径50mで

いや、自分が悪いんですが……。

(2002.01.30－リリ)


よつまた……。かっこいい。それではまたの乾くひまもありませんな（下品）。

みんなにできることではないので、それはそれですばらしい特質だと思います。そして、やっぱりいくら器が小さくないといっても、きっとあなたには足りないのでしょう。男にさほど期待しないまま生きるか、大きな器の人にひっぱりこまれるか、人生の展開を見てみてはいかがでしょうか。どうせ「信じよう」と思って信じることなんて、きっとうそになってしまいます。

(2002.02.01－よしもとばなな)


はじめまして、ばななさん。

私が初めて自分のおこづかいで単行本を買ったのは、小学校6年生のときでした。

本屋さんに行くまで何を買うか決めていなかったのですがインスピレーションで買ったのが「TUGUMI」でした。私にとって忘れられない本になったし、ばななさんの本を読むきっかけになった大切な宝物となりました。

そこで質問です。

ばななさんが初めて自分のお金で買った単行本はどんな本だったのですか。答えてくださったら嬉《うれ》しいなぁ。

(2002.01.31－えつこ)


絶対に漫画であることには間違いないです。

萩尾望都《はぎおもと》の「ポーの一族」か、山田ミネコの漫画だと思います。

(2002.02.01－よしもとばなな)

けがない、という感じです。これがもし私だけの妄想だったとしたら、私はかなりいっちゃってると思う程です。ばななさんは、そういうことは信じますか？　最近、「運命の人はいるかもしれないが、必ずしも運命の人とうまくいくとは限らない」という気がします。だったらなぜ、それでも出会ってしまうのでしょうか？　ちなみに私はその人が今の私のことを忘れていないという確信があります。こ、これも妄想だったら、怖い！　その時は潔《いさぎよ》く、武士になります。なりますとも。

(2002.01.30－じゅんこふ)


運命の人って大勢いるような気がする。

ただひとりのみたいなのは、いない気がする。

だって役割は分散されるようにできてるような気がするんです。

(2002.01.30－よしもとばなな)


はじめまして。こんばんわ。

私は仕事も私生活も二股《ふたまた》で、仕事は昼はデザイン系、夜はキャバクラ（すすきのなので、本州とはサービス内容が全然違って過激！）。私生活は、6年付き合ってる彼と、不倫の彼の二股という、超多忙な生活を送っています。

そんな中で最近ひしひしと感じるのが、私は誰か（家族以外）に愛されていても実感できないという事。自分を愛する男が信じられない。特に自分が愛している人に「愛してる」と言われても信じられないんです。あたしのことなんて、何もわかってないのにとか、本当の事を知ったら絶対離れていくと思ってしまうんです。

今、愛してる男達は器の小さな男では決してありませんが、それでも溢《あふ》れてしまう程、あたしには濁りがあります。どうしたら、愛を信じる事ができるのでしょうか？

今は彼は離婚が決まったばかりなので、精神的に不安定で人を恨むことしかできないのなら仕方ないのかな〜って無理に納得させています。

でも、でも!!　昔だーい好きだった人が、変な人になるのって凄《すご》く辛《つら》いです。

質問は人を呪う事やマイナスなエネルギーは、結構相手にダメージを与える大きな力があると思うのですが、それを克服する良い方法がありましたら教えてください。

(2002.01.26－たろう)


まず相手が特定できた時点でパワーは半減です。

それから罪悪感です。罪悪感がない状態にもっていく（つまり今を精一杯生きようとする）ことで、さらに半分の半分に減ります。

あとはそれを持続すれば必ず時間が解決してくれます。

それを相手に絶対連絡とらずに、でも相手の幸せを祈りながらすることです。

(2002.01.28－よしもとばなな)


こんにちは。ばななさんいかがお過ごしですか？

小人ブーム（？）の次は武士ブームがきたらいいなと、なんとなく思っています。私は武士にはなれそうもありません。そんな武士とくみっぺのファンの私です（そんな人多いはずだ！）。

ところで、私は高校生の時にある人と出会い、それから前世とか運命を信じるようになりました。あんなものを目の前につきつけられては、信じないと理屈が合わない、という出会いでした。初めて見たときに「ああ、そこにいたんだ」と思いました。

その人とは恋愛関係にはならなかったし、もう10年近く会っていませんが、いつかまた会うと思います。会わずにいられるわ怒りなんてものはあまり長く身体に留めておくものではないですね、さっさと放してしまおう、と思いました。

ばななさんの潔さ！　その潔さは、元来のものですか？

それとも、後天的に身に付けられたものなのでしょうか？

ばななさんにとって、潔いとはどういうことですか？

武士ですか？

ばななさんの作品を読んでいつもスッキリした気持ちになるのは、ばななさんの潔さが伝わってくるからなんだなぁ、読みつづけていこう、と今日改めて思いました。

(2002.01.24－メルー)


かなり後天的な武士です。

でもねたむところとか人をやたらにうらやむことは小さい頃からありませんでした。

どんな気持ちも絶対に自分に返ってきます、それだけは確かだと思う。潔いとはそれを認めて暮らすことかなあ。

(2002.01.24－よしもとばなな)


こんにちは。

私は昔の彼氏から恨まれていて、よく嫌がらせのメールが来てそのたびに心を痛めています。

元彼は不倫関係でして、私はそんな不毛な関係に飽き飽きして、別れました。その後彼は、奥さんに浮気をしていた事がばれて離婚することになったのです。

私は今新しい彼がいますし、昔の彼は私に暴力をふるったこともあり、その人とは付き合う気にはならないので、何度もその事を伝えたし、相手も納得したはずなのに、「お前は幸せになる資格も権利もゼロだ」とか呪《のろ》いのようなメールを送ってきます。

わからないですが、とにかく幸せを感じる力は立派な能力だと思います。まわりも幸せになるし。

(2002.01.20－よしもとばなな)


こんにちわ、ばななさん。

風水では植物は良いものなんですね。私の部屋には、竹とサボテンが元気に生きています。どちらも生きてるのかどうだかわからない植物だけど生きてます。

質問です。ばななさんは自分の前世をご存知のようですが、前世でも性格は変わらないものなんでしょうか？　また、前世と今の環境につながりみたいなものはあるのでしょうか？

私の前世は残念ながら武士ではなく、氷河期にいた高木ブーのような存在だったらしいです。

(2002.01.21－中田)


氷河期にいた高木ブー？

いつもながらすばらしいです。

そのナチュラルなすばらしさを大切に！

今世は、前世のいつよりも性格的には絶対にすばらしいというのは確かなようです。いろいろクリアして成長してきているわけですから。でも、殺人とかしていたらどうなのだろう？　など、本当のところはよく知りません……。知るわけないじゃん！

(2002.01.23－よしもとばなな)


ばななさん、こんにちは。

私は昨日むちゃくちゃ頭に来ることがあって、かなり気が乱れていたのですが、潔《いさぎよ》いQ＆Aやばななさんの日記を読んでいて、怒りにエネルギーを使うことがバカらしく思えてきました。

吉本さんの前世は何ですか？

(2002.01.19－ショウジン)


またも武士があらわる!!!

私の前世は「魔女」「僧侶《そうりょ》」「シュタイナーについて描く画家」「ヒーラー」などだったようです。

(2002.01.20－よしもとばなな)


ばななさん、こんにちは。ばななさんの本、楽しい時も悲しい時もいつでも読んでます。ばななさんの文章は、日本的な雰囲気が大切にされてるなぁって思います。そして自分の大切に守りたい物というのが明確にあるのって素敵なことだなぁって、自然に思わされてしまいます。

さて質問です。

私は穏やかに淡々と過ごすことに幸せを感じます。しかし……どうも他の人よりも幸せに感じる基準が低い気がしてるんです。現状についつい満足してしまうというか。

これって向上心がないんでしょうか。

本当の幸せを知らないんでしょうか。

もっと世間の荒波に身をなげうった方が自分の為《ため》にもなるんですかねぇ。たま～に考えちゃいます。

ではでは。お体に気を付けてこれからもお仕事頑張って下さい。

(2002.01.20　まぐ)


いや、すばらしいことだと思います。

荒波に身をなげうった方がいいという風潮、いったいいつごろからなのでしょう？

戦争体験者はそんなこと言わないし……。アメリカから来た？

それとも男社会の問題？

新米編集者の私は、日々悩むばかりです。

ではでは、よろしくお願いいたします。

(2002.01.16－ともくそん)


絶対に必要だし、編集者によって作品は変わります！

どうしてかというと、一番に読む人だからです。そして一緒に本を出すまでの過程を味わう人だからです。たとえ普段友達で憎まれ口をきいている人でも、仕事になると、すごく違うふうに頼りにするようになります。

(2002.01.17－よしもとばなな)


幼少から見続ける夢があります。

峡谷の底のような所を一人で歩いていると、上から岩（日によっては大水)、が降ってきて、俺は叫びながらそれが落ちてくるのを見上げ、そして目の前が突然真っ暗になり、目が覚める、という夢です。

俺は普段からあまり夢を見ませんが、この夢は5歳頃からいまだに見ています。気になっていましたが疲れているのだろうと思ってすませていると、ある日有名な、前世を推測できるという人に「おまえの前世は武士だよ。2代にわたって2回武士をやっていて、前回は鎌倉《かまくら》の武士だった。その夢は、鎌倉の切り通しを歩いている時に、やられたときの記憶だね」と言われました。

占い、迷信の類《たぐい》を信じない俺も、「なるほどね」と納得し、それ以後友達に、「今日は口数が少ないね」とか「頭が固いよ」と言われると、「俺は武士だったからカタブツなんじゃ」と切り返しています。

でも昔から「サムライ顔だね」とよく女の子に言われていたので、うまく符合するし、この前世の件は少し信用しています。

ばななさんの作品大好きで暇があれば読んでいます。人間って素敵だなーといつも思います。

ところで、私は常日頃いつ死んでもいいような、潔《いさぎよ》い地に足をつけた武士のような生き方をしたいなぁと思っているのですが、なかなか難しいです。現実はだらだらしてるし、中途半端《ちゅうとはんぱ》だし、武士とはかけ離れています。今もテスト前なのに武士ってかっこいいよなぁ等と考えてぼけっとしています。しかも今日誕生日!!　これじゃなんだか武士というか人間としてどうなの？ みたいな感じです。

そこで、ばななさんに質問です。潔い生き方に必要なものはなんだと思いますか？

これからもお体に気をつけて、素敵な本を書き続けて下さい。一生ファンです。

(2002.01.15－中田)


なんだかわからないけど心あたたまってげらげら笑ってしまいました。楽しさをありがとう、武士よ。お誕生日おめでとう、武士よ。

私も潔さからもっとも遠い人間ですが、それを認めることがせめてもの潔さかなと思います。

(2002.01.16－よしもとばなな)


ばななさん、こんにちは。

ある作家の方（既婚者）が、「僕の周りには３種類の人間がいる。家族、友達、そして編集者だ」というようなことを書いていて、編集者という存在は作品を生み出す上で絶対に必要だし、頭が上がらないと言っていました。

ばななさんにとって、編集者とはどのような人たちでしょうか？　編集者によって作品は変わると思いますか？

(2002.01.09－よしもとばなな)


ばななさん、あけましておめでとうございます。はじめまして。

このサイトは、時々拝見させて頂いて、ふふふと嬉《うれ》しくなって見ています。ばななさんの小説は大好きです。苦しい時に読むと、心がすうっと落ち着くのです。本当に、こんな小説を書ける人が日本にいて下さって、ありがたいと思います。

ところで質問に移らせていただきます。ばななさんのエッセイやこのサイトを拝見していて強く感じるのは、「日常生活を楽しく生きながら、心は常に深いところとリンクしている」というばななさんの姿勢です（あくまで私の印象なんですけれど。同じことを、銀色夏生さんにも感じます)。日常生活を送っていると、怠惰になったり生活に染まって行ったりはしないですか？　(私は日常と考えるモードのバランスをとるのがすごく下手で、ついつい自分の中にこもってしまうのです）ばななさんが、もし、日常生活を送る上で気をつけている「心の姿勢」のようなものがあれば、ぜひ教えて下さい。

寒い日が続きますけれど、どうぞお体に気をつけて下さい。これからも、素敵な小説を書いていって下さいね。楽しみにしています！　ではさようなら。

(2002.01.10－s＠ru)


心の姿勢は「いつ死んでもおかしくないんだなあ」ということを忘れないようにしている。そのために、なるべく感性を高めておきたいので、寝不足はしないように（ちゃちい……）している。

(2002.01.10－よしもとばなな)


初めましてこんにちわ。

っしゃっていたことについてです。この「他人を他人として会話する普段の技」というのは、例えば〝対話する能力〟のようなものなのでしょうか？

そうであるなら、なかなか難しいことですよね。対話というと、お互いの違いを認め合い言葉を交わすことで、たがいの価値観に影響を及ぼしあうというイメージがあるのですが、案外日常生活のなかで、ああ今この人と対話できているよなあ、と実感できる瞬間は少ないです。

私は人との関係で、どうしても共感しあうことにばかり力をおいてしまうというか、まだよく知らない相手でも少しずつ自分の内面をさらけだすことで、それを受け入れてもらうことを無意識的に期待してしまうところがあります。そういうことというのは、その人と仲良くなろうとしているというよりは、結局自己肯定をしようとしているだけなのかも、と思って時々虚《むな》しい気分になります。

ばななさんは「他人を他人として会話する」には、国外の人と接する機会をえるといいと言っていましたが、なぜ国外の人はそういう技を自然と身につけられるのだと思いますか？　また、国外の人となかなか接する機会が得られない場合、それでも訓練する方法はあるのでしょうか？

今年は、自己満足を得るためではない、双方向にしっかり矢印のある人との関係を、欲張らずにいくつか温めていければと思っています。

(2002.01.08－ソフィー)


日本語をつかわないだけでも、コミュニケーションに甘えがなくなり、自分の意見やたたずまいがはっきりとします。そういう意味かなあ。国外の人は、もともと自国以外の人と話す機会が多いので、それが磨かれやすいのだと思います。

たまにいますが、残念ながら（私にも残念だが）特に主人公クラスの人は誰でもないです。

(2002.01.09－よしもとばなな)


ばななさん、こんにちは。久しぶりに質問をさせていただきます。

私はWeb上で日記を公開していますが、Webで日記を公開するようになってから、頭の中での独り言が誰かに話し掛けるような、または文章を書くような堅苦しい独り言になってしまいました。ばななさんは誰かが読むであろう文章を書くようになって、そんな風に変化したことはないですか？　一人でノートに日記をつけてるときはそんな事なかったんですけど。

関係ないですけど、お風呂《ふろ》でばななさんの本を読むととても心から落ち着きます。これからも作品、楽しみにしています。

(2002.01.08－ezu)


日記といえど、そしてそれが自分のネタ帳であろうと、あくまで「日記用」の文章をつかっているだけで、自分だけの日記と全然違いますね。やっぱり。

自分だけの日記って「夜はそば」とか「星と海」とか「田淵《たぶち》」とかしか書いてなくて役立ちません。

(2002.01.09－よしもとばなな)


明けましておめでとうございます。随分前に一度質問に答えていただいたものです。

今回の質問は、少し前にこのHPでばななさんが、「他人を他人として会話する普段の技がないと、いきなり、小説を書いているというだけの他人に、自分の内面の全《すべ》てをさらけだしてしまうということになってしまうのではないだろうか……」とおあの話は、私が学生だった頃の体験です。その頃、私は某大学の研究室で寝泊りしながら卒研に明け暮れていました。ある日のこと、深夜簡易ベッド上でふと目を覚ますと、子犬ほどの大きさのとんがり帽子をかぶった小人がイスに座ってこちらを見てにやりと笑っていました。イメージ的には「ゴブリン（小鬼)」みたいな奴《やつ》でした。その後、同じ場所で二度奴と対面しています。

私はサイエンスを飯の種にしている立場上、立証可能な現象のみを信じることにしていますが、この体験に偽りはございません。

(2002.01.08－サトキン)


ありがとう、やっちゃんの友達。

しかしやっぱり大きいんですね……。

その場所には今もそいつがいるかどうかが知りたいところです。

(2002.01.08－よしもとばなな)


はじめまして。こんにちわ！

雫《しずく》といいます。初めて質問をするのでちょっと緊張しています。友達にこの前「キッチン」を貸しました。そしたら、「本を読んで感動して泣いたのなんて初めて」っていわれてむしょうにばななさんの本を読みたくなって片っ端から……読んだわりじゃないんですけど色々と読み返しました。あたしが一番好きな本は「哀《かな》しい予感」です。内容にも文章にも心惹《ひ》かれますが、なんといっても哲生の存在がいいです。

今の話とは関係無いかもしれないのですが、ばななさんの描く登場人物にモデルはいたりするのですか？　教えてください。

(2002.01.08－雫)

いでてきて、ちょっとせつなかったです。なぜかな？　きっと昔の時代に戻りたいっていう思いが心の底にあるからだと思います。あの頃は何にも考えてなくて、毎日平和だったなー♪
ばななさんは、タイムマシーンがあったら、いつの時代に行きますか？　くみっぺは小学１年生の頃かな！　今となってはだんだん記憶が薄れてきてるけど、毎日無邪気に笑ってたと思う。かなり内気な女の子だったけど☆　おとなしいって言われるのがかなりのコンプレックスでした。だからもう１回戻って、男の子なみの元気な子になりたいっ!!　そういえば！　ばななさんの作品にでてくる女の子って、繊細な純粋なそんな優しい心を持った子が多い気がします。だから作品を読んだあと、こっちまでステキな気持ちになるんでしょうね。
とまあ、久しぶりのメールがつまらないものになってしまってごめんなさい！　今年もばななさんのステキな作品を楽しみに待ってます♪　ばななさんや、このサイトを拝見しておられるみなさんにとって幸せな１年になりますように☆☆☆　ではでは今日はこのへんで★
(2002.01.06－くみっぺ)

おめでとうございます、くみっぺ。本年もよろしくお願いします。

まだ大人っぽくない川原さんが新鮮ですよね、あの映画は。

私は、戻れるのなら、小学校の四年くらいに戻りたいです。毎日がすごく楽しかったので。もしくは幼稚園に上がるまえです。そのころもとっても幸せだったです。

(2002.01.07－よしもとばなな)


こんにちは、ばななさん。12月15日の日記（※第１巻収録）に登場してた、やっちゃんの友人です。

(2002.01.03－meg)


あけましておめでとう〜。

ええ話や。

でも、きっと、取り入れない……。

(2002.01.04－よしもとばなな)


こんにちは。以前一度質問に答えていただいて、すごくうれしかったです。

私は今度成人式を迎えるのですが、中身は小学生の頃と変わってないような気がします。世の中には大人がたくさんいますが、その人達は自分のことを大人だと思っているのでしょうか？

年齢を重ねていけばいつかは私も大人になっているのでしょうか？　ばななさんが「大人になったな」と感じるのはどんなときですか？

(2002.01.03－とよまる)


体重の増加とか二の腕が熟女だなあと。

あとは……ないな。

(2002.01.04－よしもとばなな)

ばななさん♪　あけましておめでとうございますー☆
かなり久しぶりにメールを送ります。ちょくちょくサイトは拝見してたんですけど……いつの間にか新年を迎えてしまいました！
くみっぺはこの間『キッチン』の映画のビデオを見ました。かなりなつかしい気持ちになりました☆　12年ほど前の映画ですか？　とても不思議なほんのりした空間☆　心が休まりました。
見終わった後、くみっぺが小学生だった頃の映像がい——っぱ

ばななさん、こんにちは。こんなに小人目撃例が多い事に、大変驚いています。

私の友人の家は、彼女の祖母の代まで、代々その地域の巫女《みこ》さんのような役割を果たしてきたのだそうです。そこにある日、友人家族が一家団欒《だんらん》をしている時に、３人兄弟のいる家族が、「最近、小人に悩まされている」と相談に来たそうです。聞けば、小人はいつも家中のドアを勢いよく一つずつ開けたのち、最後に各息子の部屋に日を変えて訪れ、高音で何やらまくしたてて行くらしいのです。それもおそろしく怒っていて、でも小人語なのか、何を言っているのかさっぱり解《わか》らないらしいです。この３人兄弟は素行が悪いらしく、それについて小人は怒っているのではないかと、友人の家では予想をたてたのですが、一応御祓《おはら》いをしたり、それなりの事をしてみたのだそうです。しばらくは、何事もなく平和に過ぎたのですが、忘れた頃に再び小人が同じようにやってきて、一言「こんなの効かん!!」と、日本語ではっきり言ったらしいです。普段、不思議な事を信じもしないようなその兄弟が、しょんぼりした様子で相談に来た事に、友人は驚いたらしいのですが、私にはその小人話の方が驚きました。

友人と、「その一言を言うために、その小人がしばらく日本語を勉強したのだとしたら、こんないじらしい事はない」と話していました。ちなみに、小人は侍のような着物を着ていて、10 cm くらいだったそうです。

ばななさんの今後の作品に、小人の話が取り入れられるなんて事はあるのでしょうか？

Q & A

文庫版あとがき

これは、私の「子供がいない時代最後の日記」ということになりますが、実際、私の生活はあまり変わっていません。もちろん物理的にはうんと大変ですが、思っていたような変化はなかったのです。私の古い友達の洋子が「産む前は出家する覚悟だったけれど、産んでみたら、子育ては思ったよりもずっと楽しいことだった」と言っていましたが、まさにその通りでした。

でも読み返すと、なんとなく懐《なつ》かしい感じがします。さりげなく占い師たちが変化を示唆《しさ》したりしていて、興味深いです。そして、アニメのヒロインであるミルクチャンへの強い憧《あこが》れが本気で私を満たしているのが切実に伝わってきます。

私は本気で怒っていたのでしょう、自分の人生に。

そして、ミルクチャンのように「バカッツラー!」と怒鳴りながら、ひとつずついろいろな怒りを解消していきました。それは大変な作業でしたが、妊娠という大きな変化の前に、しかたなくいつのまにかそうしてしまったという感じでもありました。

そして、この頃から、私はまわりにいる人たちの愛情をひしひしと感じるようにもなりました。体の自由がきかなくなって助けてもらうことが多くなると、傲慢《ごうまん》ではいられなくなるのだなあと思いました。それは今も続いています。支援のない子育てはほんとうに孤独なものだと察しますが、私の場合はつぎはぎのどたばたのよれよれでも、何とかまわりに助けられてがんばることができているのです。

それで私はミルクチャンが傲慢だと思ったことはなく、あの正直さにひきつけられ続けていました。そして、私は正直に生きることにたいそう注意深くなりました。多分、日々、憧れに近づいているのです。

この本に出てくる全《すべ》ての人と、この本に関わった全ての人に心から御礼申し上げます。

そして、新しくバイトに入ってすぐに慣れない仕事と妊婦を抱えてたいそう苦労した、この時期のなっつくんに、特に大きな感謝を捧《ささ》げます。

２００３年　秋

よしもとばなな

本書は2002年10月、幻冬舎より刊行された『怒りそしてミルクチャンの日々』を改題、再編集したものである。

ミルクチャンのような日々《ひび》、そして妊娠《にんしん》!?

―yoshimotobanana.com 2―

新潮文庫　　よ-18-8

平成十五年十一月一日発行

著者　よしもとばなな

発行者　佐藤隆信

発行所　株式会社 新潮社

郵便番号　一六二―八七一一

東京都新宿区矢来町七一

電話　編集部(〇三)三二六六―五四四〇

読者係(〇三)三二六六―五一一一

http://www.shinchosha.co.jp

価格はカバーに表示してあります。

乱丁・落丁本は、ご面倒ですが小社読者係宛ご送付ください。送料小社負担にてお取替えいたします。

印刷・錦明印刷株式会社　製本・錦明印刷株式会社

ISBN4-10-135919-9 C0195